Kate Forsyth

Das Vermächtnis der Königin
Amulett der Macht

Band 2

Kate Forsyth

Das Vermächtnis der Königin

Amulett der Macht

BAND 2

Aus dem australischen Englisch von
Dorothee Haentjes

cbj

cbj ist der Kinder- und Jugendbuchverlag
in der Verlagsgruppe Random House

FSC
Mix
Produktgruppe aus vorbildlich
bewirtschafteten Wäldern und
anderen kontrollierten Herkünften

Zert.-Nr. SGS-COC-1940
www.fsc.org
© 1996 Forest Stewardship Council

Verlagsgruppe Random House FSC-DEU-0100
Das für dieses Buch verwendete FSC-zertifizierte Papier *Munken Premium*
liefert Arctic Paper Munkedals AB, Schweden.

Gesetzt nach den Regeln der Rechtschreibreform

1. Auflage 2008

Die amerikanische Originalausgabe erschien 2006 unter dem Titel
»The Chain of Charms – The Silver Horse«
bei Macmillan by Pan Macmillan Australia Pty Limited, Sydney, Australia
Übersetzung: Dorothee Haentjes
Umschlagbild: Carol Lawson
Umschlaggestaltung: Ian Butterworth
hf · Herstellung: WM
Satz: Uhl + Massopust, Aalen
Druck: GGP Media GmbH, Pößneck
ISBN 978-3-570-13369-9
Printed in Germany

www.cbj-verlag.de

Für Emily und Ben,
die echten »frechen kleinen Äffchen«.

Personen:

DIE FAMILIE FINCH

Luka Finch (13)	
Emilia Finch (13)	*Lukas Cousine*
Maggie Finch	*genannt: die Zigeunerkönigin* *Lukas und Emilias Großmutter*
Jacob	*Lukas Vaters*
Silvia	*Lukas Mutter*
Lena (14) und Mimi (9)	*Lukas Schwestern*
Beatrice (15)	*Emilias Schwester*
Noah (9)	*Emilias Bruder*
Ruben	*Lukas und Emilias Onkel*
Sabina (10)	*Rubens Tochter*
Alida	*ein graues Araberpferd*
Zizi	*ein Äffchen*
Rollo	*ein Hund*
Sweetheart	*eine Braunbärin*

DIE FAMILIE HEARNE

JANKA HEARNE	*die Großmutter der Familie*
FELIPE HEARNE	*ihr ältester Sohn*
JULISA	*Felipes Frau*
SEBASTIEN (15)	*Felipes Sohn und der Verlobte von Beatrice*
COSMO HEARNE	*Jankas zweiter Sohn*
NADINE (15)	*Cosmos Tochter*

DIE GADJES

TOM WHITEHORSE	*Sohn des Grafen von Norwood*
PASTOR SPURGEON	*der puritanische Pfarrer des Kirchspiels von Kingston-upon-Thames*
COLDHAM	*ein Häscher Cromwells*
DICKY	*ein Stalljunge auf »The Durdans«, einem Herrenhaus in Epsom*
HUDSON	*Lord Berkelys Diener*
MATTHEW	*Lord Berkelys Stallmeister*
JAMES BUTLER, DER HERZOG VON ORMONDE	*ein Spion der Königstreuen*

Da die Geschichte »Das Vermächtnis der Königin« im 17. Jahrhundert spielt, wird hier der damals übliche Begriff »Zigeuner« verwendet. Das Wort »Zigeuner« wurde jedoch, seit der Zuwanderung dieser Volksgruppe aus Indien (15. Jhd.), häufig als Schimpfwort verwendet. Außerdem wurden diese Menschen ausgegrenzt und während der Nazi-Zeit Opfer einer planmäßigen Vernichtungspolitik. Daher wird heute im öffentlichen Sprachgebrauch meist von »Sinti« und »Roma« gesprochen.

Was bisher geschah …

Emilia und Luka Finch, Cousine und Cousin, sind Zigeunerkinder, die im 17. Jahrhundert, während der Regierungszeit Oliver Cromwells, mit ihren Familien durch Südengland ziehen. Emilia wohnt mit ihrer Großmutter, einer Wahrsagerin, die »Zigeunerkönigin« genannt wird, in einem Wohnwagen. Emilias ältere Schwester Beatrice, die »wie ein Engel« singen kann, und ihr jüngerer Bruder Noah, der blind ist und stets von seinem Mischlingshund Rollo begleitet wird, wohnen ebenfalls bei der Großmutter.

Emilia besitzt die Fähigkeit, Menschen und Tiere für sich zu gewinnen. Sie kann z. B. Hasen und Igel anlocken. Sie besitzt eine Araber-Schimmelstute namens Alida.

Ihr Cousin Luka spielt Geige und beherrscht akrobatische Kunststücke wie Salto schlagen und auf den Händen gehen. Er besitzt ein vorwitziges kleines Äffchen namens Zizi und bewohnt zusammen mit seinen Eltern und seinen Schwestern Lena und Mimi einen Wohnwagen. Zur Familie Finch gehören auch noch der Onkel der Kinder, Ruben, und dessen Tanzbärin Sweetheart.

Der Bürgerkrieg hat die Straßen Englands unsicher gemacht und die Zigeuner müssen gegen allerlei Anfeindungen kämpfen. Daher verlässt die Familie Finch den Wald von Norwood nur äußerst selten. Nun aber soll Beatrice heiraten und die Familie Finch muss für ihre Mitgift Geld verdienen.

Obwohl die Großmutter Maggie den Schrei einer Eule gehört hat – ein Vorzeichen des Todes – beschließt die Familie dennoch, den Markt in Kingston-upon-Thames zu besuchen, um dort zu singen, zu tanzen und auf ihren Geigen zu spielen. Was sie nicht wissen ist, dass es in Kingston einen neuen Pastor gibt, einen religiösen Eiferer, der Zigeuner hasst.

Während der Regierung des Puritaners Oliver Cromwell waren öffentliche Auftritte und Musikmachen verboten. Und als Zigeuner auf die Welt gekommen zu sein, war schon fast ein Vergehen an sich, das mit Hängen geahndet wurde.

Als der Pastor die Familie Finch beim Singen, Tanzen und Geigespielen erwischt, ruft er die Stadtwachen und lässt alle verhaften. Als besonders schlimmes Verbrechen betrachtet er, dass Beatrice direkt vor der Kirche singt.

Während eines Handgemenges wird versehentlich ein Wachmann getötet. Unter Anklage der Landstreicherei und des Mordes – beides Kapitalverbrechen – wird die gesamte Familie ins Gefängnis geworfen. Drei Wochen bleiben ihnen, bis der umherreisende Magistrat wieder zum Gerichtstag in die Stadt kommen wird.

Nur Emilia und Luka gelingt die Flucht. Auf dem Weg ins Zigeunerlager sind ihnen der Häscher Coldham und die Stadtwachen dicht auf den Fersen. Im Lager erwartet sie ihre Großmutter Maggie voller düsterer Vorahnungen. Da sie für eine Flucht zu alt und zu gebrechlich ist, gibt sie Emilia und Luka einen schwierigen und gefährlichen Auftrag: Sie sollen alle mit ihnen verwandten Zigeunerfamilien aufsuchen und sie um Hilfe bitten.

Einst, so erzählt Maggie Emilia, trug ihre Urahnin, eine Zigeunerkönigin, an ihrem Handgelenk ein Armband mit sechs Amuletten. Jedem ihrer sechs Kinder gab die Zigeunerin eines dieser Amulette als Glücksbringer. Nachdem aber das Armband mit den Amuletten aufgeteilt war, kam das Unglück über die Zigeuner.

Maggie gibt Emilia das Amulett der Familie Finch – eine goldene Münze – und trägt ihr auf, die fünf anderen Amulette zu suchen und sie wieder zu vereinen: ein silbernes Pferdchen, ein Amulett mit der magischen Weinraute, eine Meeresmuschel, ein Donnerkeil aus Eisen und ein Bernstein, in dem ein Schmetterling eingeschlossen ist. Jedes Amulett birgt angeblich eine besondere Kraft.

Luka, der ein eher nüchterner Junge ist, meint, dass diese Geschichte nur ein Gleichnis dafür sei, dass die sechs verstreuten Zweige der Familie sich helfen und wieder zusammenfinden sollen. Emilia aber glaubt fest an die Zauberkraft der Amulette aus der Geschichte ihrer Großmutter und ist fest entschlossen, sie alle zu finden.

Vom Häscher Coldham verfolgt und begleitet vom Äffchen Zizi, dem Hund Rollo, dem Apfelschimmel Alida und der Bärin Sweetheart machen sich die Kinder zu einer gefährlichen Reise auf …

Im Hügelland der Downs

EPSOM DOWNS, SURREY, ENGLAND

13. August 1658

Als sich die Dämmerung über die sanft geschwungenen Hügel der Downs senkte, krochen Luka und Emilia hinter einer Baumgruppe hervor und sprangen über den von Disteln durchwucherten Graben auf eine mit Schlaglöchern übersäte Straße. Ihnen folgten ein großer brauner Bär an einer langen Kette und ein rassiger Apfelschimmel ganz ohne Zaumzeug. Ein großer, zottiger Hund sprang voraus, während Zizi, ein kleines Äffchen, wie immer auf Lukas Schulter saß.

»Komm, die Luft ist rein«, zischte Luka und blickte nach links und rechts. »Wir müssen so schnell wie möglich von der Straße weg.«

»Ich sterbe vor Durst«, stöhnte Emilia. »Und Rollo auch. Sieh nur, wie weit seine Zunge heraushängt. Hätten wir nicht ein Versteck mit einer Quelle oder einem Bach suchen können?« Sie deutete auf den Hund, der neben ihr herlief und heftig hechelte, während er sie mit traurigen braunen Augen ansah.

»Rollo hängt immer die Zunge aus dem Maul«, entgegnete Luka. »Außerdem ist es nicht meine Schuld, dass wir nichts zu trinken hatten. Und immerhin habe ich uns etwas zu essen besorgt, oder etwa nicht?«

»Doch, schon. Aber du hast den Beutel mit dem Proviant offen gelassen, erinnerst du dich? Und Rollo hat den Schinken aufgefressen und Sweetheart alle Äpfel.«

Als die Bärin ihren Namen hörte, sah sie auf, wobei ihre Kette leise klirrte. Luka zog vorsichtig daran, damit Sweetheart wieder weiterlief.

»Hör auf zu jammern und lauf zu«, entgegnete Luka. »Hier kann jeden Moment jemand vorbeikommen.«

»Ich jammere ja gar nicht«, antwortete Emilia leicht beleidigt. »Ich sage dir nur, dass ich schon wieder Hunger habe.«

Sie schnalzte kurz mit der Zunge und Alida, ihre Stute, blieb neben einem Meilenstein stehen. Emilia raffte ihren schmutzigen Rock bis über ihr Knie hoch, kletterte auf den Stein und schwang sich auf den Rücken der Stute. Dann griff sie nach der alten Schnur, die sie als Zügel benutzte.

»Du hast ständig Hunger«, antwortete Luka. »Du musst ein Loch im Bauch haben. Kein Wunder, dass Baba sich immer darüber beschwert, wie viel du isst!«

»Als wenn sie sich über dich nie beschweren würde!«, antwortete Emilia und setzte Alida mit einem sanften Druck ihrer nackten Fersen in Bewegung. Rollo blieb hinter ihr stehen. Er hatte eine Pfote angehoben und sah sich ziemlich verwirrt um.

»Rollo!«, rief Emilia. »Komm, Junge! Ist ja gut!«

Während der Hund gehorsam folgte, sagte sie bedrückt: »Er vermisst Noah. Er kann ja nicht verstehen, warum er nicht da ist.«

Luka nickte grimmig. Emilia und er hatten sich den ganzen Nachmittag über im Schutz einer Baumgruppe versteckt gehalten. Hitze, Langeweile und Durst hatten sie gequält. Westlich von ihnen lag die Stadt Epsom. In nördlicher Richtung verlief die Straße nach London. Den ganzen Nachmittag über waren Kutschen und Fuhrwerke aus der einen und der anderen Richtung vorbeigerumpelt. Jenseits der Stadt lag eine Quelle, von der es, wie die Kinder wussten, hieß, sie habe wundersame Heilkräfte. Leute kamen von weit her, um daraus zu trinken. Die Kinder hatten weder vor, das bittere Wasser zu trinken, noch sich in sonst einer Weise der Stadt zu nähern. Die Straße aber war den ganzen Nachmittag über so befahren gewesen, dass sie es nicht gewagt hatten, sie zu benutzen. Ein Trupp, der aus zwei Kindern, einem Bären, einem Pferd, einem Hund und einem Affen bestand, war so auffällig, dass man im Umkreis von einigen Meilen darüber reden würde. Luka und Emilia war klar, dass Coldham die Suche nach ihnen wohl nicht aufgegeben hatte, egal wie geschickt ihn ihr Verwandter Felipe in die Irre geführt haben mochte.

Felipe, das Oberhaupt der Familie Hearne, hatte

Coldham genau in die falsche Richtung geführt. Aber es konnte nicht lange dauern, bis der Häscher herausfand, dass er getäuscht worden war. Und dann war er wahrscheinlich umso wütender geworden und noch entschlossener, sie zu schnappen, als er es zuvor schon gewesen war.

Es war furchtbar gewesen, still sitzen zu müssen, während sie doch wussten, dass die Zeit drängte und sie sich beeilen mussten, um Hilfe für ihre Familien zu holen. Für Emilia war es besonders schlimm gewesen, denn sie musste immer wieder an die merkwürdigen Dinge denken, die sie erblickt hatte, als sie im Palast von Nonsuch in die Kristallkugel ihrer Großmutter gesehen hatte. Ihre Worte hatten Colonel Pride, den Besitzer des Palastes, so schockiert, dass er einen Anfall bekommen hatte und nach Luft ringen musste. Er war in Ohnmacht gefallen und sie und Luka hatten fliehen können. Luka fand, dass Emilia das sehr schlau angestellt hatte. Dabei war ihm überhaupt nicht klar, dass Emilia dem Colonel gar nicht mit Absicht gesagt hatte, dass er bald sterben und sein bereits modernder Körper noch einmal aus dem Grab geholt werden würde. Sie hatte ihm ebenfalls vorausgesagt, dass sein Leichnam als Verräter in Tyburn Hill aufgehängt werden würde. Obwohl es ihr Mund gewesen war, der diese Worte ausgesprochen hatte, war es nicht Emilias Gehirn gewesen, das sie sich ausgedacht hatte. Und das fand sie sehr beängstigend. Sie war froh, dass sie nun wieder auf den Beinen war und sich bewegen konnte. Sie wollte die Erinnerung an die Prophezeiung hinter sich lassen.

Am nördlichen Rand der Straße dehnten sich, wie ein sanft wogender Flickenteppich, Felder in Braun, Grün und Ockergelb aus. Sie wurden von Steinmauern und Hecken begrenzt. Idyllische Cottages aus Holz oder Stein, die von kleinen Gärtchen umgeben waren, verteilten sich darauf. Als der Tag allmählich zur Neige ging, begann Rauch aus den Kaminen der Häuser aufzusteigen.

Richtung Westen sah man viele Dächer, die sich dicht um einen Dorfteich gruppierten. Mitten im Dorf stand eine kleine Kirche aus Flintstein, die ihren schmalen Turm in den Himmel streckte. Die Glocke verkündete gerade die Abendstunde und aus vielen Fenstern schien das Licht.

An der gegenüberliegenden Seite der Straße erstreckte sich die hügelige Landschaft der Downs. Den ganzen Nachmittag lang hatte Emilia auf dem Bauch gelegen, das Kinn in die Hände gestützt und die Hügel betrachtet. Sie sahen aus wie die liegende Silhouette eines Riesen, der unter einer grünen Decke schlief. Wolkenschatten segelten darüber hin. Und als die Sonne unterzugehen begann, hatten sie sich langsam in ein seltsames, unheimliches Violett verfärbt. Jetzt lagen die Berge schwarz vor dem dämmernden Himmel und sahen sehr einsam und geheimnisvoll aus.

Die Kinder liefen eilig die Straße entlang. Emilia hielt Ausschau, ob irgendjemand sie verfolgte. Luka richtete den Blick fest auf den Weg.

Mit einem Mal stieß er einen Freudenschrei aus. Vor ihnen, neben einem Reitweg, der in die Hügel hinaufführte, war um einen großen rötlichen Felsbrocken herum ein loser Kreis aus Blättern gelegt und ein Pfeil aus kleinen Stöcken, der von der Straße weg deutete. Die Blätter waren mit kleinen Zweigen beschwert. Für jeden anderen hätte dieser Haufen von Blättern und Stöcken ausgesehen, als habe der Wind sie zusammengetragen. Für die beiden Zigeunerkinder aber war es ein Wegweiser. In diese Richtung war die Familie Hearne weitergezogen!

Felipe Hearne, der Vater des Jungen, den Beatrice heiraten sollte, hatte versprochen, ihnen ein *Patrin*, einen geheimen Wegweiser, zu hinterlassen.

Die Zigeuner hinterließen oft solche geheimen Zeichen und Nachrichten für Freunde und Verwandte. Damit zeigten sie einen Richtungswechsel an, warnten einander vor Gefahren oder wiesen auf ein freundliches Farmhaus hin, wo eine hungrige Zigeunerfamilie vielleicht im Tauschhandel ein Stück Speck oder ein paar Kartoffeln erstehen konnte.

Obwohl Emilia und Luka nur als ganz kleine Kinder umhergezogen waren, kannten sie doch noch die geheime Zeichensprache.

»Hier kann man sich nirgends verstecken«, stellte

Luka besorgt fest. »Hoffen wir, dass kein Reiter vorbeikommt.«

Emilia fasste nach der goldenen Münze, ihrem Glücksbringer.

Sie verließen die Straße und folgten dem Reitweg, der bald steil bergan zu führen begann. Emilia stieg vom Pferd und ging zu Fuß, damit Alida nicht auch noch ihr Gewicht den Berg hinauftragen musste. Luka entdeckte am Wegesrand ein paar tiefe Spuren, die von Wagenrädern stammen mussten. Er zeigte sie Emilia, die begeistert nickte. Sie gingen schneller, um die Wohnwagen zu erreichen, bevor es finster wurde. Es war unheimlich, im Dunkeln allein unterwegs zu sein. Beide sehnten sich danach, sich an ein Feuer zu setzen, heißen Eintopf zu essen und jemandem von ihrem Kummer erzählen zu können.

Auf der Kuppe des Berges blieben die beiden Kinder stehen. Der Wind blies ihr Haar zurück. Sie kamen sich vor, als stünden sie auf dem Dach der Welt. Von Osten nach Westen hin erstreckte sich das Hügelland der Downs. Vor und hinter ihnen fiel das Land steil ab. Die Sonne war fast untergegangen und ließ den Horizont in karminrot und gold erstrahlen. Rundherum aber lagen dämmerige Senken und sanfte Erhebungen, von denen sich spitze Kirchtürme und hohe Pappeln gegen den dunkelnden Himmel abhoben. Dann wandte Emilia sich um, um den Weg zu betrachten, den sie gekommen waren, und stieß einen Laut des Erstaunens aus. In der Ferne war ein orangefarbener Schein zu sehen.

»Das muss London sein«, sagte Luka neben ihr.

Emilia war überwältigt. Sie konnte sich kaum vorstellen, wie viele Kerzen und Laternen brennen mussten, um so einen Schein am Himmel zu erzeugen. Und sie fragte sich, auf welcher Höhe sie sich wohl befanden, dass sie so weit blicken konnten.

»London habe ich immer schon mal sehen wollen«, sagte sie.

»Na, dann ist es jetzt so weit«, antwortete Luka grinsend. »Komm! Ich rieche ein Lagerfeuer. Und Eintopf! Ich sterbe vor Hunger.«

»Wie immer«, sagte Emilia und führte Alida den Reitpfad entlang.

Die alte Bärin hob ihre Schnauze und schnupperte. Dann lief sie los und hätte Luka beinahe umgerannt.

»Sweetheart hat auch Hunger«, stellte Luka fest.

Ein Stück weiter sahen sie den einladenden Schein eines Feuers, das die dunkle Silhouette von Wohnwagen beleuchtete. Vor Müdigkeit stolpernd, liefen Luka und Emilia mit den Tieren darauf zu. Hunde begannen zu bellen und Rollo antwortete wütend.

Es waren erst wenige Nächte vergangen, seitdem die beiden Familien in Thornton Heath ein Fest zur Verlobung von Beatrice Finch und Sebastien Hearne gefeiert hatten. In der Zwischenzeit aber hatte sich manches verändert. Luka und Emilia konnten nur hoffen, dass die

Hearnes einen Weg wussten, wie sie die Familie Finch aus dem Gefängnis befreien konnten.

Eine Laterne wurde in die Höhe gehoben.

»Wer ist da?«, rief eine Männerstimme.

Luka räusperte sich. »Luka Finch«, rief er. »Der Sohn von Jacob Finch. Bei mir ist meine Cousine Emilia.«

»Wenn es nicht der Teufel in der Gestalt von Kindern ist«, rief Felipe Hearne mit einem Lachen. »Ihr habt uns also tatsächlich gefunden!«

»Kommt zum Feuer, ihr armen Dinger!«, sagte Julisa, seine Frau. Sie kam mit ausgebreiteten Armen auf Luka und Emilia zu. »Wir waren alle entsetzt, als Felipe uns eure Neuigkeiten überbrachte. Ist es denn tatsächlich wahr? Müssen sie wirklich alle mit dem Galgen rechnen?«

Emilia nickte. Sie hielt Alidas Zügel fest umklammert. Zu ihrem Erstaunen merkte sie, dass sie den Tränen nahe war. Außerdem war sie unsagbar müde. Sie ließ sich mit Luka von Julisa an das wärmende Feuer führen.

»Guck mal, Mama, sie haben den Bären mitgebracht!«, rief ein kleiner Junge aus.

»Ob er mit uns Fußball spielt?«, fragte ein weiterer Junge.

»Heute Abend nicht mehr, mein Kind. Sei schön still jetzt«, sagte seine Mutter, die ihn auf ihrem Schoß wiegte.

»Seht mal, da ist ja auch das Äffchen«, kicherte ein

blasses Mädchen von etwa fünfzehn Jahren, das Nadine hieß. »Das ist ja ein Wanderzirkus!«

»Ein schönes Pferd«, stellte Cosmo, ihr Vater, fest und ließ seinen fachmännischen Blick über Alida gleiten. Obwohl sie vor Schmutz starrte, erschöpft war, den Schweif und den Kopf hängen ließ, war die wundervolle Gestalt der Stute zu erkennen. Felipe stieß ein bewunderndes Pfeifen aus und trat vor, um seine Hand über den Hals der Stute gleiten zu lassen und ihre Lippen anzuheben, um ihre Zähne zu untersuchen.

Die Hearnes waren berühmte Pferdehändler. Emilia sagte immer, dass das ein anderer Ausdruck für Pferdediebe war. Sie zog Alida ein Stück näher zu sich heran. Felipe störte sich nicht daran, sondern hob einen Huf der Stute und zählte fachmännisch ihre Rippen. Als er sah, dass Alida nur siebzehn Rippen hatte, eine Rippe weniger als andere Pferde, warf er seinem Bruder Cosmo einen bedeutungsvollen Blick zu.

»Eine Araber-Stute also«, sagte Felipe. »Von Maja, nicht wahr?«

Emilia riss überrascht die Augen auf. Maja war das Pferd ihrer Mutter gewesen und tatsächlich die Mutter von Alida. Emilias Mutter Elka war vor fünf Jahren an den Pocken gestorben. Sie hatte ihr Pferd Maja in Emilias Obhut gegeben. Aber vor drei Jahren war Maja von den Rundköpfen beschlagnahmt worden, als Alida fast noch ein Fohlen gewesen war. Die Rundköpfe hätten das Stutfohlen wohl auch mitgenommen, wenn

Emilia Alida nicht in ihrer Schlafkoje unter einer Decke versteckt hätte.

Cromwell hatte viele gute Pferde beschlagnahmt, weil er eine neue Rasse von flinken Kavalleriepferden für seine Armee züchten wollte. Pferde wie Maja und Alida, sogenannte Vollblüter waren wegen ihrer Schnelligkeit und Ausdauer besonders beliebt. Gott schuf die Pferde Arabiens einst aus den stürmischen Wüstenwinden, hatte Elka einmal gesagt. Weil er ein Geschöpf erschaffen wollte, das ohne Flügel fliegen konnte.

»Woher kennst du Maja?«, fragte Emilia und hielt Alidas Zügel fest in der Hand.

Felipe grinste und zeigte dabei seine schiefen Zähne. »Deine Mutter Elka war meine Cousine. Ich bin mit ihr aufgewachsen. Maja war ein Teil ihrer Mitgift, als sie deinen Vater heiratete. Sie war ein wunderbares Tier, ein Abkömmling der berühmten Stute Baz. Jedenfalls hat das mein Vater immer behauptet.«

Emilia kannte diese Geschichte natürlich. Baz war ein Pferd aus der Mythologie. Es hieß, der Ururenkel vom biblischen Noah habe sie gefangen und gezähmt. Sie war angeblich die Urmutter aller Pferde, die von arabischen Beduinen gezüchtet worden war. Diese Pferde waren berühmt für ihre Schnelligkeit, ihre Anmut und ihre Schönheit. Emilia gefiel die Vorstellung, dass Alida aus dieser märchenhaften Zuchtlinie stammte.

»Man muss sich nur ihre gewölbte Stirn ansehen«, sagte Cosmo.

Er war ein dünner, hagerer Mann mit einer Hakennase und schlechten Zähnen. Er sah aus, als hätte er einen schweren Kampf gegen die Pocken geführt, denn seine Haut war voller Narben.

»Reiner Araber, wie es scheint. Wer war ihr Vater?«, fragte Cosmo.

»Ein Hengst, der unserem Gutsherrn gehörte. Sir Hugh Whitehorse. Man sagt, einer seiner Vorfahren habe an den Kreuzzügen teilgenommen und ein paar Stuten und einen Hengst mitgebracht, allesamt Schimmel. Daher hat die Familie Whitehorse angeblich ihren Namen. Sie sind berühmt für ihre schönen Pferde.«

»Wie bist du denn an ein Fohlen vom Hengst des Gutsbesitzers gekommen?«, fragte Nadine, die unglücklicherweise die Nase ihres Vaters geerbt hatte. »Du hast deine Stute wohl mal nachts in den Stall geschmuggelt«, meinte sie kichernd.

»Nadine, es reicht«, sagte Felipe streng.

Nadine zog einen Schmollmund, warf ihr Haar zurück und beugte sich zu Sebastien, um ihm etwas ins Ohr zu flüstern. Der runzelte die Stirn, schüttelte den Kopf und rückte von ihr ab.

»Die Familie Whitehorse ist immer gut zu uns gewesen«, verteidigte sich Emilia gegenüber Felipe. »Wir durften auf ihrem Land unser Lager aufschlagen und sie gaben uns Arbeit. Der Gutsherr kannte meinen Vater und ließ ihn oft zum Gutshaus kommen. Er musste auf den Festen dort Geige spielen. Was die Pferde betraf, hatten sie eine Absprache. Der Gutsherr bekam alle Hengstfohlen und überließ uns die Stuten. Eine hat er uns sogar mit Gold abgekauft. Und eine andere hat Papa auf dem Markt verkauft, als ich noch klein war. Aber Alida durfte ich behalten.«

Felipe machte eine einladende Bewegung mit der Hand. »Kommt, setzt euch. Esst, trinkt, ruht eure müden Glieder aus. Und keine Bange: Bei uns ist euer Pferd in Sicherheit.« Ein Lächeln blitzte über sein Gesicht. »Und euer Bär und der Affe auch.«

Luke nickte und setzte sich ans Feuer. Er war sehr hungrig und der Eintopf roch gut. Zizi kletterte auf seinen Schoß und schmiegte sich an ihn, während sie sich mit ihren blanken, runden Augen umsah. Nach einem kurzen Moment setzte sich auch Emilia. Allerdings sah sie immer noch mürrisch und misstrauisch drein. Alida machte ein paar Schritte zur Seite, senkte ihren Kopf und begann, das kurze Gras abzurupfen.

Jemand brachte den Kindern einen Krug von der leichten Biersorte Ale und sie tranken durstig. Sweetheart setzte sich erwartungsvoll auf und Emilia reichte ihr ihren Becher. Der große Bär trank ihn bis zur Neige, rülpste hörbar und hielt dann den Becher noch einmal hin. Darüber mussten alle lachen und die allgemeine Verlegenheit legte sich ein wenig.

Auch die anderen setzten sich ans Feuer. Sebastien beugte sich vor und sah recht bedrückt aus. Obwohl er Beatrice bei ihrer Verlobung zum ersten Mal gesehen hatte, war er von ihrer Schönheit und ihrer Anmut sehr beeindruckt gewesen, ebenso von der Lieblichkeit ihrer Stimme.

»Was ist denn überhaupt passiert?«, platzte er heraus. »Ist mit Beatrice alles in Ordnung?«

»Scht, junger Mann«, sagte sein Vater. »Lass sie erst essen. Danach werden wir ihre Geschichte hören.«

Sebastien rutschte zögerlich beiseite, als eine alte Frau sich mit Seufzen und Stöhnen auf dem Boden niederließ und dann die jüngeren Frauen mit einer gebieterischen Handbewegung davonscheuchte.

»Los, geht! Geht schon! Hört auf zu gaffen und bringt uns etwas zu essen, ihr Dummköpfe!«

Der Eintopf war sehr gut. Emilia schmeckte Hase, Hammel und auch etwas Vogel heraus. Außerdem schwammen winzige Kartoffeln darin. Sie überlegte, wie die Hearnes wohl an den Hammel gekommen sein mochten.

»Es tut mir leid, was ich über deine Familie gehört habe«, sagte die gebeugte alte Frau. Sie trug ein grün gestreiftes Tuch um ihren Kopf und an ihren Ohrläppchen hingen zwei große Ohrringe. Ihr Gesicht war faltig und sah aus wie altes Leder. Um ihren Hals hingen eine ganze Reihe goldener Ketten. An ihren Handgelenken klimperte noch mehr Goldschmuck. Ihr brauner Rock war allerdings voller Flicken und ihre Bluse am Hals ausgefranst.

»Was ist passiert?«

»Wir sind nach Kingston zum Markt gegangen, um etwas Geld zu verdienen«, erklärte Luka.

»Mit Singen und Tanzen etwa?«, fragte Felipe bestürzt. »Die Stadt ist mittlerweile ein Puritaner-Nest und Cromwell wohnt gleich auf der anderen Seite des Flusses im Hampton Court Palast. Für Leute wie uns ist es das Beste, sich fernzuhalten.«

»Aber ihr wart doch diejenigen, die uns überhaupt von dem Markt erzählt habt«, antwortete Luka ärgerlich. »Warum habt ihr uns dann nicht auch gesagt, dass es eine Stadt der Puritaner ist?«

»Von mir habt ihr nichts dergleichen gehört«, antwortete Felipe und runzelte die Stirn.

»Sie hat uns vom Markt erzählt«, sagte Luka und zeigte auf Nadine.

Nadine warf ihr Haar zurück.

»Ich hätte aber nie gedacht, dass ihr wirklich auf den Markt gehen würdet! Ich meine, jeder weiß doch, dass Kingston eine Stadt der Rundköpfe ist. Ihr habt euch wohl zu lange im Wald von Norwood versteckt!«

In ihrer Stimme lag ein leiser Hauch von Verachtung, der Luka erröten ließ. Er ließ seine Schüssel sinken.

»Wenn wir geahnt hätten, dass ihr zum Markt gehen würdet, hätten wir euch natürlich gewarnt«, sagte Felipe. Er klang bestürzt. »Aber dein Vater hat gesagt, dass ihr in Richtung Norwood zurückwolltet.«

»Wir haben es uns eben anders überlegt«, sagte Luka kurz. Er war derjenige gewesen, der den Vorschlag gemacht hatte, den Markt zu besuchen, und er konnte sich des Gefühls nicht erwehren, dass alles seine Schuld sei.

»Wie lauten denn die Anklagen?«, fragte Cosmo.

»Singen auf dem Marktplatz«, antwortete Emilia entrüstet.

»Betteln und Landstreicherei«, sagte Luka.

»Und dass wir für irgendwas keine Erlaubnis gehabt hätten«, fügte Emilia hinzu.

»Und Mord.« Lukas Stimme klang belegt. Er konnte es immer noch nicht fassen, dass man seine Mutter des Mordes bezichtigte, obwohl sie nichts weiter getan hatte, als einem Wachmann ihren Korb an den Kopf zu schleudern. Es war schließlich nicht ihre Schuld, dass der Stand des Eisenwarenhändlers über dem Wachmann zusammengebrochen war.

»Mord!«, riefen die Hearnes gleichzeitig aus und sahen einander an.

Luka sank das Herz in die Hose. »Es war aber kein Mord«, sagte er und erzählte, was geschehen war. Dennoch schüttelten alle die Köpfe und wichen seinem Blick aus.

»Tja. Da können wir leider nichts machen«, sagte Felipe entschuldigend. »Zigeuner, die in den Tod eines Wachmannes verwickelt sind, werden sie niemals laufen lassen. Selbst wenn wir versuchen würden, den Richter zu bestechen, würde er sich nicht für uns einsetzen. Er würde nur das Geld einstecken und trotzdem alle hängen lassen.«

Emilia unterdrückte ein Schluchzen und sah voller Zorn zunächst zu Luka, dann wieder zu Felipe.

»Bitte, ihr müsst uns helfen!«, flehte sie.

»Ich habe aber keine Ahnung wie«, antwortete Felipe und senkte seinen Blick.

Zigeunergold

»Zigeunergold glitzert nicht.«, pflegte Emilias Großmutter zu sagen. »Es schimmert in der Sonne und wiehert im Dunkeln.«

Als Emilia, still in ihre Decke gerollt, dalag und die Schattenmuster betrachtete, die das Feuer auf das Stück Leinwand warf, das über ihrem Kopf über einen Stab gelegt war, fielen ihr diese Worte wieder ein. Sie fühlte Ärger und Verzweiflung in sich aufsteigen. Die Hearnes waren so reich, wie eine Zigeunerfamilie nur sein konnte. Sie hatten eine ganze Reihe von Pferden, die so wertvoll waren wie Alida. Sie hatten jede Menge Gold, das ihre Frauen um die Hälse und an den Handgelenken trugen, und fünf Wohnwagen. Aber sie wollten nichts unternehmen, um Emilias Familie zu helfen. Nichts!

Mit netten Worten und Lächeln hatten sie Emilia beruhigt und ihr versprochen, in der Nacht über das Problem nachzudenken und eine Lösung zu suchen. Aber Emilia hatte ihnen an den Augen abgelesen, dass sie es wohl für das Beste hielten, sich selbst keinen Ärger einzubrocken.

Mit freundlicher Miene hatte Felipe Luka gebeten, für sie Geige zu spielen, was Luka gern getan hatte. Er hatte die Nacht mit seiner Musik erfüllt, die wild und leidenschaftlich und gleichzeitig herzzerreißend traurig war. Niemand bei den Hearnes konnte so spielen wie Luka. Sie baten ihn um ein Stück nach dem anderen, bis das Feuer schließlich zu Asche zusammengefallen war. Luka legte seine Geige ab und seine Hände zitterten vor Müdigkeit.

Während Zizi zusammengerollt in ihrem Schoß gelegen hatte, hatte Emilia dabeigesessen, zugehört und sich immer wieder verstohlen die Augen gerieben. Als Luka schließlich seinen kleinen Affen holte und ihn sich auf die Schulter setzte, hatte Emilia ihm nicht in die Augen sehen können, so traurig war sie. Man gab ihr eine Decke und erklärte ihr, dass sie sich zu ein paar anderen Mädchen in ein Zelt legen könne. Unter ihnen war auch Nadine, gegen die Emilia eine starke Abneigung entwickelt hatte.

Sweetheart hatte einen ganzen Eimer Ale getrunken und lag jetzt am Feuer und schnarchte. Rollo hatte sich in Emilias Kniebeuge zusammengerollt und die Schnauze auf seine Pfoten gelegt. Wo Luka war, wusste Emilia nicht. Er war mit Sebastien davongegangen. Emilia konnte nur hoffen, dass er seine ganze Überzeugungskraft einsetzen würde, Beatrices Verlobten dazu zu überreden, dass er sie aus dem Gefängnis holen musste. Egal wie!

Jetzt saßen die Erwachsenen um das Feuer herum, rauchten ihre Pfeifen und erzählten sich Geschichten, wie es ihre Gewohnheit war. Mit einem Magen voller Eintopf und einer leichten Benommenheit vom Ale in ihrem Kopf hätte Emilia sich eigentlich auch warm, behaglich und sicher fühlen sollen. Stattdessen aber war sie so verzweifelt und einsam wie noch nie in ihrem Leben. Um niemanden sehen zu müssen, schloss sie die Augen und tat, als schliefe sie, während Felipe die alte Geschichte von Marko und seinem Schecken Sharatz erzählte.

»Wie ihr alle wisst, meine Lieben, war Marko der Sohn einer Feenkönigin und eines Drachens – also alles andere als ein gewöhnlicher Junge. Noch hatte Marko kein Pferd für sich gefunden. Daher war er ständig auf der Suche nach einem guten Ross. Er pflegte die Pferde am Schweif zu packen und sie über seinem Kopf herumzuwirbeln. Dann schüttelte er den Kopf und ging seines Weges. Eines Tages aber ...«

»Eines Tages aber stieß er auf ein Pferd, das er nicht über seinem Kopf herumwirbeln konnte«, piepste der Kleinste der Hearne-Familie dazwischen.

»Genau so war es, Whitby, mein Junge. Und dieses Pferd war über und über mit Punkten bedeckt. Und zwar schwarz auf weiß, wie kein anderes Pferd, das Marko zuvor gesehen hatte. Und darum ...«

»Und darum sagte er: ›Das ist das richtige Pferd für mich!‹«, rief ein kleines Mädchen.

»Erzähle ich die Geschichte oder erzählt ihr sie?«, fragte Felipe streng, und die Kinder verkrochen sich in die Arme ihrer Mütter. »Also, wo war ich stehen geblieben? Ach ja. Er stieß also auf dieses gescheckte Pferd und nannte es ›Sharatz‹, was ›Schecke‹ bedeutet. Und für hundertsechzig Jahre wurde es sein engster Freund und Begleiter. Es trank Wein aus seinem Becher und aß Brot von seinem Teller.«

»Igitt«, sagte das kleine Mädchen.

Felipe überhörte die Bemerkung. »Man nannte Marko ›einen Drachen, der auf einem Drachen reitet‹, denn

Sharatz war die Liebe seines Herrn wert. Er war schneller als der Wind. Feuerfunken umstoben seine Hufe und seine Nüstern stießen blaue Flammen aus. Die Erde barst unter seinen Füßen, aber gleichzeitig konnte er so sanft dahingleiten, dass Marko seelenruhig auf seinem Rücken schlafen konnte. Im Kampf ging Sharatz genau im richtigen Moment in die Knie, um Marko vor einem Pfeil in Sicherheit zu bringen. Oder er stellte sich auf die Hinterbeine, um Marko vor einem Schwerthieb zu retten. Er trampelte die Feinde mit seinen Hufen nieder und biss ihren Pferden die Ohren ab. Sharatz konnte so hoch in die Luft springen, wie wenn man drei Lanzen übereinanderstellt. Und er konnte so weit springen, wie wenn man vier Lanzen hintereinander auf den Boden legt.«

Die Kinder seufzten leise auf. Felipe unterbrach sich, um einen Schluck Ale zu trinken.

»Das Ende fehlt noch«, sagte Whitby. Er gähnte und rieb sich die Augen, während seine Mutter ihm durch das störrische schwarze Haar fuhr. »Du wirst doch wohl nicht das Ende vergessen!«

»Immer langsam mit den jungen Pferden, ich musste nur kurz meine Zunge ölen«, sagte Felipe. Die Kinder lachten über den kleinen Scherz. Felipe nahm einen weiteren Schluck, dann sagte er: »Also, Whitby, mein Junge, wenn du die Geschichte so gut kennst, willst nicht du uns erzählen, wie sie endet?«

»Doch«, sagte Whitby und wurde rot vor Freude.

»Also, man sagt, dass Marko und Sharatz im Berg schlafen und darauf warten, dass sie wieder gebraucht werden. Ab und zu wacht Marko auf und sieht nach, ob es schon so weit ist, denn sein Schwert steigt langsam, aber stetig aus seiner Scheide, und wenn es komplett gezogen ist, ist die Zeit reif.«

Es gab einen kleinen Applaus und Felipe rief »Bravo!«.

»Gut gemacht, Liebling«, sagte die Mutter des Kleinen stolz.

Einen Moment lang war es am Feuer vollkommen still. Die Mütter brachten ihre Kinder zu Bett, ein paar Männer stopften erneut ihre Pfeifen und füllten ihre Krüge mit Ale.

Emilia lag mit geschlossenen Augen da. Sie hörte, wie der Wind über die Hügel der Downs blies, durch das Gras rauschte und die Zeltwand zum Flattern brachte.

»Kennt ihr die Geschichte von der Wilden Jagd?«, fragte Cosmo nach einer Weile.

»Wir haben sie lange nicht mehr gehört«, antwortete Felipe, während die alte Frau ein kurzes, gackerndes Lachen von sich gab und geräuschvoll an ihrer Pfeife sog.

»Es sind Nächte wie diese, wenn der Wind über den Himmel fegt und durch die Täler heult, in denen man die Wilde Jagd sehen kann«, begann Cosmo. »Sie wird von Herne, dem Jäger, angeführt und ist in dieser Gegend wohlbekannt. Es heißt, der gute König Henry habe oft gesehen, wie Herne durch die Wälder von Windsor preschte.«

Jemand lachte auf und machte eine komische Bemerkung über die Glaubwürdigkeit von König Henry VIII. Cosmo hörte nicht darauf, sondern fuhr fort. Dabei senkte er seine Stimme so, dass Emilia sich gegen ein leichtes Gruseln nicht wehren konnte.

»Herne, der Jäger, ist von Kopf bis Fuß in Hirschfell gekleidet und trägt auf seinem Kopf einen Helm aus einem Hirschschädel. Eine große gehörnte Eule fliegt ihm voraus und eine Reihe von Waldgeistern reitet ihm hinterher. Die Pferde sind allesamt pechschwarz und haben glühend rote Augen. Aus ihren Nüstern steigt Rauch, wenn sie durch den Wald rasen, schneller als der Wind, mit einer Meute Höllenhunden auf ihren Fersen. Man sagt, es sei ein Vorbote des Todes, wenn man die Wilde Jagd sieht.«

»Oder zumindest des Todes für eine der Ehefrauen«, rief jemand scherzend dazwischen. »Wie oft, hast du gesagt, hat König Henry die Jagd gesehen?«

Die alte Frau gluckste. Cosmo zog eine Grimasse, trank sein Ale aus und sagte säuerlich: »Ich kann nur hoffen, Burke, dass du nicht mal eines Nachts Herne bei seinem wilden Ritt begegnest. Dann wirst du nicht mehr so mutig sein.« Er klopfte seine Pfeife aus, lehnte sich vor und sagte mit bedeutungsvoller Stimme: »Und wenn sich einer von euch fragt, warum der Name von Herne, dem Jäger, unserem Namen so ähnlich ist, nun ja, dann überlegt einmal: Kennt ihr sonst jemanden, der schneller als der Wind reiten kann?«

Die Kinder seufzten leise, rollten sich unter ihren Decken zusammen und schliefen ein. Dabei stellten sie sich vor, wie sie auf pechschwarzen Pferden mit glühenden Augen und dampfendem Atem durch den Wald ritten.

»Wo wir heute Abend Pferdegeschichten erzählen – habt ihr von dem Ritter gehört, der direkt vor den Augen der Rundköpfe verschwunden ist?«, fragte Felipe. »Es ist die reine Wahrheit. Ich habe diese Geschichte von einem alten Zigeuner aus dem Westen gehört, der sagte, er habe sie direkt von der Magd der Ehefrau des Ritters.«

»Dann muss sie ja wahr sein«, sagte Cosmo.

»Wahrer jedenfalls als deine angestaubte Geschichte von der Wilden Jagd«, antwortete Felipe mit einem schiefen Grinsen.

»Dann erzähl uns die Geschichte doch mal«, sagte die alte Frau.

»Es war einmal ein Kavalier, der für den König kämpfte. Er floh aus einer Schlacht, in der die Männer des Königs eine herbe Niederlage erlitten hatten. Die Rundköpfe waren ihm dicht auf den Fersen. Sie jagten ihn kreuz und quer und waren schon so nah, dass sie ihm einen Pfeil in die Schulter hätten schießen können, als er den Hof vor seinem Gutshaus erreichte. Seine Verfolger konnten sehen, wie die Eingangstüren aufschwangen und der Ritter hindurch- und in die Halle hineinritt. Als die Rundköpfe wenige Augenblicke später hinterherstürmten, war von dem Kavalier nichts mehr zu sehen. Nicht die geringste Spur. Das Pferd hatte aber nirgendwo hinlaufen können. Es gab nur eine alte Eichentreppe an der einen Seite und ansonsten Türen zu Sälen, Salons und dergleichen. Der Ritter hatte sich einfach in Luft aufgelöst.«

Staunende Stille herrschte.

»Es muss irgendwo ein Schlupfloch gegeben haben«, sagte die alte Frau.

»Eine Geheimtür oder ein Gang hinter der Vertäfelung«, meinte Cosmo.

»Oder eine Falltür im Boden«, schlug ein anderer vor.

»Das haben die Rundköpfe auch gedacht. Aber obwohl sie überall klopften und pochten, die Vertäfelung wegrissen und tagelang in der Halle kampierten, fanden sie keine Spur des Ritters oder seines Pferdes. Nur ein paar Tropfen Blut auf der Treppe. Sonst nichts.«

»Hm, eine gute Geschichte«, sagte die alte Frau. »Es ist schön, mal eine neue zu hören.«

Leises Stöhnen und Rascheln war zu hören, als alle sich reckten und gähnten. Einige sagten »Gute Nacht« und verzogen sich in ihre Zelte oder stiegen die Stufen zu ihren Wohnwagen hinauf, um schlafen zu gehen.

»Schlafen die Kinder alle?«, fragte Felipe nach einer Weile.

»Glaube schon«, antwortete die alte Frau. Sie rappelte sich stöhnend auf und ging zu dem Zelt hinüber, in dem Emilia lag. Die übrigen Mädchen lagen dicht bei ihr und atmeten gleichmäßig. Die alte Frau hob eine Zeltwand hoch und sah auf Emilia herab, die mucksmäuschenstill dalag. Sie spürte, dass Rollo sich rührte, den Kopf hob und leise knurrte.

»Psst, psst, alles in Ordnung«, sagte die alte Frau.

Sie ließ die Leinwand wieder herabsinken und ging zurück zum Feuer. Rollo senkte seinen Kopf.

»Sie schlafen wie die Murmeltiere«, sagte die alte Frau zu den Männern.

»Also, Felipe, was sollen wir tun?«, begann Cosmo. »Die ganze Familie Finch sitzt im Gefängnis.«

»Das ist schlimm«, sagte Felipe. »Und wir sind durch die Verlobung mit ihnen verbunden. Es hätte keinen schlechteren Zeitpunkt geben können. Janka, was meinst du dazu? Können wir ihnen irgendwie helfen?«

Als der Name der alten Frau genannt wurde, zuckte Emilia zusammen. Sie hatte ihn schon einmal von ihrer Großmutter gehört. Die alte Janka besaß das Amulett der Familie Hearne, hatte Maggie gesagt, ein silbernes Pferdchen, das im gestreckten Galopp dargestellt war.

»Was sollen wir schon machen?«, antwortete Janka, setzte sich wieder hin und stöhnte wegen ihrer schmerzenden Glieder. »Wir haben nicht so viel Geld, wie wir brauchen würden, um sie alle auszulösen. Und wenn wir es hätten, könnten die Finchs es uns sicher nicht zurückzahlen. Sie haben ja nicht mehr als den Dreck unter ihren Fingernägeln.«

»Wahrscheinlich ist das auch der Grund, warum sie es überhaupt riskiert haben, in die Stadt zu gehen und dort zu spielen«, sagte Cosmo. »Um die Mitgift aufzubringen.«

»Es gibt wohl ohnehin keinen Magistrat im ganzen Land, der sich auf Bestechung einlassen würde. Bei dem Gerede, das es mit sich bringen würde«, sagte Felipe. »Ihr wisst doch, dass Cromwell alles darangesetzt hat, bei den Gerichten aufzuräumen.«

»Es ist eine Schande, aber es wird wohl besser sein, wenn wir unsere Nasen nicht in diese Sache hineinstecken«, sagte Janka.

»Aber Janka, es sind unsere Verwandten! Emilia ist die Tochter meiner Cousine. Und Beatrice und der blinde Noah genauso.«

»Zeig mir einen Zigeuner, der nicht irgendwie mit allen anderen verwandt ist«, entgegnete Cosmo säuerlich. »Sollen wir etwa für jeden Roma im Land unseren Hals hinhalten? Dann wären wir schon lange tot. Nein, ich meine, wir sollten schön unter uns bleiben.«

»Eine Verlobung ist ebenso bindend wie Blutsverwandtschaft«, sagte Felipe. »Und damit ist Beatrice für mich jetzt wie eine Tochter. Würdet ihr Nadine etwa im Gefängnis verrotten lassen?«

»Natürlich nicht«, antwortete Cosmo etwas ärgerlich. »Aber Nadine ist nicht im Gefängnis – dem Himmel sei Dank! Und wenn du dir Sorgen wegen der Verlobung machst – verkuppele Sebastien doch mit der dürren kleinen Schwester. Dann bekommst du wenigstens das Pferd. Sie ist eine echte Schönheit, oder etwa nicht?«

»Ja, das ist sie wirklich«, sagte Felipe mit sanfter, fast zärtlicher Stimme.

Emilia war sich vollkommen im Klaren darüber, dass nicht von ihr die Rede war. Es war Alida, ihre Grauschimmelstute, die diesen Ton in den Stimmen der Männer hervorrief.

»Eine neue Zuchtstute könnten wir gut gebrauchen«, fuhr Cosmo fort. »Die verdammten Rundköpfe nehmen uns laufend die besten Pferde weg, und in der Hälfte der Fälle zahlen sie nicht den Betrag, den sie uns dafür versprochen haben. Was auch der Grund dafür ist, warum wir morgen auf alle Fälle das Rennen gewinnen müssen, Felipe.«

»Keine Angst, wir werden gewinnen«, sagte Felipe. »Russet ist die beste Jungstute im ganzen Bezirk. Kein anderes Pferd ist so schnell wie sie. Sofern jedenfalls nicht der Lord Protector mit der Stute auftaucht, die er mir letzten Sommer abgenommen hat. Sie war das beste Pferd, das ich je hatte. Erinnerst du dich an Sorrel, Cosmo? Sie zu reiten war, als beugte man sich über den Wind. Die Vollblüter sind einfach nicht zu schlagen.«

»Ich wette, diese Schimmel-Stute ist genauso flink«, sagte Cosmo. »Mit ihrer gewölbten Stirn und dem edlen Körperbau könnte sie glatt ein reines Araberpferd sein.«

»Sie ist ein reines Araberpferd, denke ich«, entgegnete Felipe. »Ich frage mich, ob das Mädchen überhaupt ahnt, was diese Stute wert ist.«

»Wahrscheinlich nicht.« Eine Frauenstimme meldete sich zum ersten Mal zu Wort. »Aber eins kann ich euch sagen, Männer: Das Mädchen liebt dieses Pferd, und im Moment ist es das Einzige, was ihr zu lieben geblieben ist. Versucht also nicht, sie zu überlisten, hört ihr?«

»Julisa, du hast uns ganz falsch verstanden, wirklich, das hast du!« Cosmos Stimme klang unecht. »Wir bewundern das Pferd doch nur aus der Ferne.«

»Dann seht zu, dass es dabei bleibt!«, antwortete Julisa.

»Aber, aber, Julisa, es besteht überhaupt kein Grund, uns auszuschimpfen. Wir führen weder mit dem Mädchen noch mit dem Pferd etwas im Schilde«, sagte Felipe. »Wir machen uns nur Sorgen wegen dieses Rennens morgen. Diese beiden Kinder hätten uns nicht ungelegener kommen können. Das Letzte, was wir brauchen, ist die Aufmerksamkeit der Wachleute. Es wird ein wichtiges Rennen werden, es geht um jede Menge Geld …«

»Pferderennen und Wetten – kein Wunder, dass ihr nicht wollt, dass Wachen herumschnüffeln.« Julisas Stimme war voller Verachtung.

»Das stimmt. Wir wollen nämlich nicht im Gefängnis enden.«

»Und ihr habt die Finchs dumm genannt!«

»Na ja, immerhin veranstalten wir das Pferderennen nicht mitten in Kingston«, antwortete Felipe ungeduldig. »Es ist nur ein privates Rennen unter ehrenwerten Leuten …«

Julisa schnaubte.

»Und wenn meine Russet es gewinnt, erhalte ich nicht nur einen großen Beutel Geld, sondern dann wird Lord Berkely wohl auch die Stute kaufen wollen. Und dann kann ich einen ordentlichen Preis dafür verlangen. Komm schon, Julisa. Du weißt doch, dass die Zeiten hart sind. Meinst du wirklich, ich würde ein solches Risiko eingehen, wenn ich nicht glaubte, dass es sich lohnen wird?«

»Felipe, kannst du dieses Rennen nicht absagen? Sie haben die Finchs ins Gefängnis geworfen, weil sie auf dem Marktplatz gesungen und getanzt haben. Was werden sie mit uns anstellen, wenn wir Pferderennen und Wetten veranstalten? Wir werden es dem Teufel bezahlen müssen, wenn wir uns nicht in Acht nehmen!«

»Oh, das ist Gotteslästerung, Julisa! Sei bloß vorsichtig! Nicht dass dich ein Puritaner hört«, zog Cosmo sie auf.

Julisa schnaubte, so sehr war sie außer sich.

»Mit euch Männern kann man nicht reden! Ihr macht immer nur, was euch Spaß macht, und schert euch nicht um die Folgen.«

Ihr Rock schleifte über das Gras, als sie wegging.

»Armer Felipe! Mit was für einer Nervensäge du verheiratet bist! Du solltest sie mal nach Kingston bringen. Da haben sie eine Schandmaske für zänkische Weiber.«

»Es reicht, Cosmo«, fiel Janka scharf ein. »Julisa hat recht, wenn sie sich Sorgen macht. Ich finde auch, ihr solltet dieses Rennen absagen, wo die Gegend von Puritanern doch nur so wimmelt. Es ist einfach zu gefährlich.«

»Das geht nicht, Mutter«, antwortete Felipe kurz angebunden. »Die Wetten sind alle gesetzt. Und wenn ich jetzt einen Rückzieher mache, mache ich Verlust. Ich kann es mir nicht leisten, das Rennen abzusagen. Wir werden überall Posten aufstellen, damit wir auf jeden Fall gewarnt werden, wenn sich Wachen nähern.«

»Nun gut«, sagte Janka und rappelte sich stöhnend auf. »Ich gehe jetzt ins Bett. Die Feuchtigkeit steigt auf und lässt meine armen Knochen schmerzen. Trinkt nur nicht zu viel, Jungs! Für euer Rennen morgen braucht ihr blanke Augen und klare Köpfe!«

Mühsam erklomm die alte Zigeunerfrau die Stufen ihres Wohnwagens. Ihre Armreifen klimperten. Felipe stand ebenfalls auf.

»Ich gehe auch ins Bett. Das Rennen morgen wird hart. Und schmutzig. Nach all dem vielen Regen, den wir hatten.«

»Nicht nur wegen des Regens wird es schmutzig«, sagte Cosmo. »Wir müssen dieses Rennen unbedingt gewinnen, Felipe.«

»Ich weiß«, antwortete sein Bruder.

»So ein Pech, dass diese Gören ausgerechnet jetzt bei uns auftauchen«, sagte Cosmo. »Denkst du, dass das Ärger geben wird?«

»Ich fürchte, ja«, antwortete Felipe. »Zum Glück bin ich gestern dem Häscher zuerst begegnet. Sonst hätten die Kinder ihn direkt bis an unser Lagerfeuer geführt. Zur ungünstigsten Zeit überhaupt.«

»Am besten, wir schicken sie weiter«, sagte Cosmo. »Gleich morgen früh.«

»Das können wir doch nicht machen!«, entgegnete Felipe. »Sie sind doch Kinder!«

»Aber sie sind dreizehn und nicht drei«, antwortete Cosmo. »Du hast ein zu weiches Herz, Felipe. Sie werden doch noch andere Verwandte haben, an die sie sich wenden können. Wir können keinen Ärger gebrauchen. Schicken wir sie weg! Und konzentrieren wir uns darauf, das Rennen zu gewinnen.«

Anstatt einer Antwort brummte Felipe nur und schloss die Tür seines Wohnwagens. Und während Cosmo ebenfalls zu Bett ging, zog Emilia die Knie an die Brust und schluchzte lautlos in ihre Arme.

Das Gasthaus »King's Head«

Während Emilia weinend unter ihrer kratzigen Decke lag, stolperte Luka mit Sebastien durch die Dunkelheit. Zizi hatte sich in seine Jacke gekuschelt und war fest eingeschlafen. Luka wünschte, er würde auch schon, in eine Decke gewickelt, neben dem Feuer liegen und schlafen. Zugleich war ihm aber klar, dass Sebastien die einzige Hoffnung war, Hilfe von den Hearnes zu bekommen. Er hatte seinen Gesichtsausdruck bemerkt, als er erzählt hatte, wie Beatrice gefangen genommen worden war.

Luka hatte nicht vor aufzugeben, nur weil die Hearnes zu feige waren, ihnen zu helfen. Den ganzen Tag lang, während Emilia und er sich im Wald versteckt gehalten hatten, hatte er verschiedene Pläne im Kopf gewälzt. Sie waren alle ziemlich verrückt und undurchführbar gewesen. Aber Luka war sich sicher, dass er bald einen Weg finden würde, der funktionieren könnte.

Sebastien hatte immerhin schon einen Vorschlag gemacht. Er hatte Luka mit Fragen gelöchert, wie es genau zu der Festnahme der Finchs gekommen war und was Luka nun tun wollte.

»Sie irgendwie herausholen«, hatte Luka geantwortet. »Wenn wir erst einmal wieder im Wald von Norwood sind, sind wir in Sicherheit. Er ist riesig groß und wir kennen ihn wie unsere Westentasche.«

»Aber auf welche Weise willst du sie denn herausholen?«, hakte Sebastien nach.

»Keine Ahnung«, musste Luka zugeben.

»Du musst irgendwie an die Schlüssel für die Gefängniszellen herankommen«, sagte Sebastien.

»Ja, richtig, daran habe ich komischerweise auch schon gedacht!«, antwortete Luka. »Nur ganz nebenbei: Wie soll ich das denn anstellen?«

»Sie stehlen«, antwortete Sebastien.

»Und wie? Das Gefängnis befindet sich über einem Gasthaus. Da sind ständig Leute. Ich habe schon gedacht, man könnte den Wirt auf dem Nachhauseweg entführen. Aber wenn er die Schlüssel nicht dabeihat? Dann müsste ich in das Gasthaus einbrechen, aber da sind ständig Wachen. Und außerdem patrouilliert der Nachtwächter durch die Straßen. Das Gefängnis liegt ja mitten in der Stadt.«

»Du musst versuchen, die Schlüssel am Tag zu klauen. Du lässt Kopien davon anfertigen und bringst sie wieder zurück«, schlug Sebastien vor.

»Das ist leichter gesagt als getan.«

»Nein, pass auf, das musst du so machen: Du lenkst die Leute im Wirtshaus irgendwie ab, indem du zum Beispiel ›Feuer!‹ schreist. Dann schleichst du dich hinein und schnappst dir die Schlüssel. Du musst etwas Kerzenwachs bei dir haben, das du über einer Flamme weich gemacht und in deiner Hand warm gehalten hast. Du nimmst die Schlüssel und drückst einen nach dem anderen so fest in das Kerzenwachs, bis du einen ganz deutlichen Abdruck davon hast. Dann legst du die Schlüssel zurück, bevor noch einer bemerkt hat, dass sie weg waren.«

Luka runzelte die Stirn. Die Sache klang riskant. »Und dann?«, fragte er.

»Dann bringst du das Wachs zu einem Schmied, dem du vertrauen kannst, und lässt dir die Schlüssel nachmachen. Das ist nicht ganz leicht. Wenn der Schmied seine Arbeit nicht gut macht, funktioniert der Schlüssel nicht und der ganze Aufwand war umsonst. Du hast bei dieser Sache nur einen einzigen Versuch, und darum denke ich, du solltest dich an einen Fachmann wenden.«

»Ich kenne aber keinen Fachmann«, antwortete Luka.

»Geh zur Familie Smith, das sind die besten Schmiede«, sagte Sebastien. »Du kennst sie doch?«

Luka nickte. »Ich habe von ihnen gehört. Meine Baba kennt sie von früher, und ich glaube, ihre Cousine ist mit einem Smith verheiratet.«

»Dann werden sie dir sicher helfen«, sagte Sebastien. »Das sind doch unsere Verwandten.«

»So wie deine Familie uns helfen will?«, fragte Luka bitter. Ein kurzes Schweigen entstand.

Dann sagte Sebastien: »Ich bin sicher, dass mein Vater euch helfen würde, wenn er könnte. Aber der Zeitpunkt ist gerade ungünstig. Ich werde morgen nach dem Rennen mit ihm reden – dann wird er etwas zugänglicher sein.«

»Nach dem Rennen?«, fragte Luka nach.

»Oh ja!«, rief Sebastien begeistert. »Wir veranstalten hier in den Downs schon seit vielen Jahren Pferderennen. Mittlerweile hat die Regierung sie natürlich verboten. Wir veranstalten sie aber trotzdem heimlich. Bisher fanden die Rennen immer im Frühling statt. Aber jetzt wählen wir unterschiedliche Termine. Nur die Eingeweihten erfahren davon. Du musst auch kommen und zusehen. Es ist ein Riesenspaß.«

»Ich weiß nicht, wie lange wir bleiben«, sagte Luka. »Wenn ihr uns nicht helfen wollt, müssen wir weiterziehen und jemand anderen suchen, der uns hilft.«

»Sei doch nicht so ungeduldig«, bat Sebastien. »Ich werde nach dem Rennen mit meinem Vater reden. Wenn es gut läuft und wir ein bisschen Geld herausholen können, nun ja, dann …«

»Ich dachte, euch geht es sehr gut«, sagte Luka überrascht. »Der Lord Protector kann doch gar nicht genug von euren Pferden bekommen.«

»Kann er auch nicht. Das Problem jedoch ist: In der Hälfte der Fälle bezahlt er sie nicht. Die Rundköpfe beschlagnahmen sie einfach, für Gott und das Vaterland, sagen sie, oder sie geben uns nur eine geringere Summe und einen Wechsel und versprechen uns den Rest für später. Und weil Pferderennen mittlerweile illegal sind, können wir nicht mal mehr auf diesem Weg richtig Geld verdienen. Die Zeiten sind für alle hart. Wir spüren das genau wie jeder andere.«

»Ich verstehe«, antwortete Luka. Danach sagte er eine Weile nichts mehr und dachte nach. Er erinnerte sich an die Verlobung. Sämtliche Frauen der Hearnes waren mit Schmuck behängt gewesen und hatten bunte Tücher und Röcke getragen. Die Männer hatten die besten Weine ausgeschenkt und ausführlich erzählt, wie gut es ihnen unter dem Wohlwollen des Lord Protectors erging. War das alles nur Gerede gewesen, um den Stolz der Finchs zu wecken und auf diese Weise sicherzustellen, dass sie eine ordentliche Mitgift für Beatrice anboten? Wenn das so gewesen war, hatte es funktioniert. Jacob war entschlossen gewesen, Beatrice gut zu verheiraten. Das Mitgift-Versprechen war ja ein Grund gewesen, warum sie überhaupt nach Kingston-upon-Thames gegangen waren.

»Versteh mich nicht falsch«, sagte Sebastien. »Wegen der Vorliebe des Lord Protectors für unsere Pferde ist uns der ganze übrige Ärger erspart geblieben. Lange Zeit hat man uns weder Steine nachgeworfen noch die Hunde auf uns gehetzt. Die Leute wissen, dass wir gute Pferde haben. Zu gute manchmal! Im letzten Sommer hat Cromwell meinem Vater seine beste Stute weggenommen und hat – wie wir gehört haben – schon ein Fohlen von ihr bekommen.«

»Die Stute von Emilias Mutter haben die Rundköpfe auch mitgenommen«, sagte Luka. »Und sie haben uns keinen Penny dafür gegeben.«

»Mögen sie für ihre schändliche Tat büßen«, sprach Sebastien den traditionellen Zigeunerfluch.

Luka nickte. Merkwürdigerweise fühlte er sich getröstet.

Während sie geredet hatten, waren sie die ganze Zeit über die Kuppen der Downs gelaufen. Jetzt sahen sie unten im Tal die Lichter einer kleinen Stadt. Sebastien bog zur Seite ab und lief den steilen Abhang hinunter.

Luka zögerte. »Wo gehen wir hin?«

»In die Stadt«, antwortete Sebastien. »Am Abend vor dem Rennen schauen wir unten in den Gasthäusern vorbei und geben ein paar Einheimischen einen Hinweis. Sie wissen, was es bedeutet, wenn wir Zigeuner in die Stadt kommen. Es bedeutet, dass am nächsten Tag ein paar Gleichgesinnte zusammenkommen und es ein paar ordentliche Wetten gibt.«

»Ist das denn nicht ein bisschen gefährlich?«, fragte Luka.

»Falls die Wachen etwas davon mitbekommen? Nun ja, in Städten wie Kingston vielleicht, wo lauter Puritaner herumlaufen. Aber in Epsom unten schätzen sie einen Drink und ein bisschen Glücksspiel ebenso wie jeder andere Mensch.«

Luka zögerte. »Ich weiß nicht …«

»Hast du vielleicht Angst, dass die Wachen von Kingston noch hinter dir her sein könnten? Die haben an der Gemeindegrenze umgedreht, das kann ich dir versichern. Die haben anderes zu tun, als sich um einen rotznasigen Zigeunerjungen zu kümmern.«

»Ich habe keine Rotznase«, sagte Luka leicht beleidigt.

»Nur weil gerade Sommer ist.«

»Im Winter hat ja wohl jeder eine Rotznase«, entgegnete Luka und folgte Sebastien den Pfad hinunter.

»Sprich nur von dir selbst.«

»Und du hast wohl nie Läuse oder Flöhe?«

»Nein, natürlich nicht! Aber ich bin ja auch nicht ständig mit Affen und Bären zusammen.«

»Zizi hat keine Flöhe«, sagte Luka pikiert. Dann grinste er. »Für Sweetheart kann ich allerdings nicht garantieren«, gab er zu. »Sie kratzt sich in einem fort.«

»Es muss Spaß machen, mit einer Bärin als Haustier aufzuwachsen«, sagte Sebastien.

»Sie ist ein drolliges Viech«, antwortete Luka. »Mein Onkel Ruben hat sie von klein auf. Ich weiß nur nicht, was ich jetzt mit ihr anstellen soll. Mit ihr fallen wir überall auf. Ich weiß, du meinst, die Wachen hätten die Verfolgung längst aufgegeben. Aber Coldham, dieser Schweine-Nacken, ist uns noch auf den Fersen.

Da bin ich mir ganz sicher. Und solange wir Sweetheart dabeihaben, wird er uns ohne Schwierigkeiten aufspüren.«

»Du kannst sie gern für eine Weile bei mir lassen«, schlug Sebastien entgegenkommend vor. »So lange sie die Pferde nicht zu verrückt macht.«

»Das wäre großartig«, sagte Luka dankbar. »Nur bis wir alle aus dem Gefängnis geholt haben.«

Sebastien antwortete nicht, und Luka konnte ihm am Gesicht ablesen, dass er die Chance, die Familie zu retten, für nicht allzu groß hielt. Niedergeschlagenheit überfiel ihn.

Sie kamen an der Kirche vorbei, und im Licht der Laterne, die vor dem Tor hing, konnte Luka Sebastiens Gesicht erkennen. Die Laterne warf einen weichen, trüben Schein in den Nebel, der die Beine der beiden Jungen umwaberte. Zu beiden Seiten der Pforte ragten große Eiben auf. Sie waren mächtig, dunkel und rochen nach Tod. Jenseits der Pforte konnte Luka die Silhouette des Kirchturms mit seiner kleinen Spitze erkennen. Neben der Kirche lag der Friedhof, auf dem viele bemooste Grabsteine schief wie krumme Zähne aus dem dunklen Boden ragten.

In stillem Einverständnis beschleunigten die Jungen ihre Schritte. Sie schwenkten auf eine breite, helle Straße ab, die in den Kalkstein der Downs geschlagen war. Auf beiden Seiten der Straße breitete sich eine Parklandschaft aus. Ein gutes Stück von der Straße entfernt konnte Luka ein großes Haus mit vielen schimmernden Lichtern erkennen.

»Siehst du? Das ist einer der Gründe, warum wir hier Pferderennen veranstalten«, sagte Sebastien. »Hier gibt es eine Reihe von Herrenhäusern. Das dort drüben heißt ›The Durdans‹ und gehört Lord Berkely. Er hat eine gute Pferdezucht und wahrscheinlich werden seine Pferde beim Rennen mitlaufen. Wir werden ein paar seiner Leute im Gasthaus treffen und ihnen einen Hinweis geben. Und hab bloß keine Angst! Das sind keine Puritaner. Komm, dieser Nebel ist zu widerlich! Lass uns ein Ale trinken und uns am Feuer aufwärmen.«

Die beiden Jungen eilten weiter über die hell gepflasterte Straße. Sebastien bückte sich, hob ein Stück Kalkstein auf, steckte es in seine Tasche und sagte mit einem Grinsen: »Genau, was ich brauche.«

»Wofür?«, fragte Luka.

»Das wirst du schon sehen«, antwortete Sebastien.

Epsom war eine ziemlich große Stadt mit einer breiten Hauptstraße, die von vielen Läden gesäumt wurde, und jeder Menge Häuser, die dicht gedrängt standen. Die Straße führte die Jungen zur Dorfwiese, in deren Mitte ein großer Teich lag.

»Ist das die Quelle mit dem Trinkwasser für alle?«, fragte Luka.

»Nein, die liegt oben in den Downs. Von hier aus etwa zehn Minuten zu Fuß. Das hier ist nur der Dorfweiher. Komm, wir gehen zuerst in das Gasthaus ›Eagle‹.

Das ist der Ort, wo die hohen Herren der Stadt ihr Ale trinken. Danach gehen wir weiter die Straße hinauf zum ›King's Head‹.«

Warmes Licht und das Gebrumme von Gesprächen drangen durch die Türen und Fenster des Gasthauses. Luka blieb ein Stück zurück. Er konnte eine leichte Furcht, sein Gesicht in der Öffentlichkeit zu zeigen, nicht unterdrücken.

»Hier will ich ohnehin nicht hinein«, sagte Sebastien. »Unsereins ist dort nicht willkommen.« Er drückte sich eng an die Wand und hielt sich im Schatten. Dann holte er den Kalkstein aus seiner Tasche und malte eilig etwas auf die Mauer. Neugierig beugte Luka sich vor. Es war ein galoppierendes Pferd.

»Jeder, der es sieht, weiß, dass er morgen hinauf in die Downs kommen soll«, sagte Sebastien zufrieden. »Komm, jetzt gehen wir zum ›King's Head‹. Ich brauche ein Ale.«

Im zweiten Gasthaus war es deutlich lauter. Gelächter und Musik drangen von drinnen nach draußen. Wieder zeichnete Sebastien das Bild eines galoppierenden Pferdes auf die Außenwand. Auch hier achtete er darauf, nicht gesehen zu werden. Luka fragte ihn, ob er Angst habe, dass die Stadtwachen ihn festnehmen könnten. Aber Sebastien lachte nur.

»Nein, natürlich nicht«, antwortete er. »Aber so ist es für die Bewohner der Stadt geheimnisvoller und spannender. Sie denken, das Bild entstehe durch Magie.«

Er steckte die Kreide wieder ein und rieb sich die weißen Finger an seiner Kniehose ab. Dabei sagte er: »Brrr! Heute Abend ist es kalt! Her mit dem Ale, bevor wir wieder die Berge hinaufmüssen.«

Aber Luka wollte nicht mit hinein in das Gasthaus. In den letzten zwei Tagen war er zu oft nur knapp den Häschern entkommen.

Er schüttelte den Kopf und sagte, er wolle mit Zizi draußen in dem dunklen Gässchen warten, das neben dem Gasthof entlangführte.

Während der nächsten zehn Minuten, in denen er im kalten Nebel wartete und immer mehr fror und steifer wurde, schimpfte Luka sich selbst einen Trottel. Dann aber, als er das Klappern von Pferdehufen auf der Hauptstraße hörte, war er über seine Vorsicht froh. Denn als das Pferd vor dem Gasthof stehen blieb, der Reiter abstieg, seine Zügel mit einem knappen Nicken dem Stallknecht gab und ihm eine Münze hinwarf, erkannte Luka Coldhams breite Schultern und die groben Gesichtszüge. Er zog sich weiter in den Schatten zurück und kreuzte schützend seine Arme über dem schlafenden Äffchen. Sein Herz schlug so heftig, dass er das Gefühl hatte, gleich zu ersticken.

Coldham betrat den Gasthof und der Stallknecht brachte das Pferd in den Stall. Dabei kam er so nah an Luka vorüber, dass dieser seine Hand nur hätte ausstrecken müssen, um die dampfenden Flanken des Pferdes zu berühren.

Luka überlegte fieberhaft, was er tun sollte. Am liebsten wäre er so schnell wie möglich davongelaufen. Aber er war sich nicht sicher, ob er den Weg zum Zigeunerlager im Dunkeln allein finden würde. Außerdem machte Luka sich Sorgen um Sebastien. Coldham hatte sich als niederträchtiger Mann erwiesen mit einem tiefen Hass auf Zigeuner – auch wenn Luka nicht wusste, woher der rührte. Er war sich sicher, dass es für Sebastien sehr gefährlich war, sich mit Coldham in demselben Gasthaus aufzuhalten. Und für Luka selbst war es ebenso gefährlich. Wenn Coldham erfuhr, dass Zigeuner in der Gegend waren, würde er ihre Verfolgung sofort wieder aufnehmen. Da war Luka sich ganz sicher!

Weiter hinten in der Gasse wurde quietschend ein Fenster geöffnet. Lukas Brust zog sich zusammen. Er versuchte, mit seinen Augen die Dunkelheit zu durchbohren. Das gedämpfte Geräusch von Füßen, die auf dem Pflaster landen, wurde hörbar, und dann die verstohlenen Bewegungen von jemandem, der sich auf ihn zu bewegte.

»Sebastien?«, flüsterte Luka.

Die Person blieb stehen. Einen Augenblick lang herrschte gespannte Stille. Luka drückte sich an die Wand. Sein Herz klopfte. Dann hörte er, dass sich die Person wieder bewegte. Ein dunkler Schatten glitt vorüber, blieb dann am Ende der Gasse stehen und sah mit erkennbarer Furcht die Straße hinauf und hinab.

Luka konnte einen lauten Ausruf des Erstaunens nicht unterdrücken, denn er erkannte die langen blonden Locken wieder, die unter einem weichen, mit Federn geschmückten Hut herabhingen, und das blasse Gesicht mit der gebogenen Nase, das sich nach allen Seiten umsah und vom Licht der Laterne, die über der Tür des Gasthauses hing, schwach erleuchtet wurde.

»Tom!«, rief er aus. »Tom Whitehorse! Was machst du denn hier?«

Der Junge mit dem Federhut zuckte zusammen, als hätte man ihn mit einer Nadel gestochen, und drehte sich um. Sein Atem kam stoßweise. Luka machte einen

Schritt auf ihn zu, sodass das Licht auf sein Gesicht fiel.

»Luka?«, fragte der Junge schwach. Er machte einen Schritt zurück und hielt sich an der Wand, um sich abzustützen. »Was machst du denn hier?«

»Ich habe zuerst gefragt«, antwortete Luka. Er klang nicht besonders freundlich, auch wenn er Tom Whitehorse schon sein Leben lang kannte. Er fand es nicht leicht, mit einem Jungen befreundet zu sein, der mit Hunderten von Dienern in einem Gutshaus wohnte, die sich um alle seine Wünsche und Bedürfnisse kümmerten, und der jedes erdenkliche Spielzeug besaß und bloß den Finger heben musste, um Naschwerk zu bekommen, wann immer er wollte, wenn man selbst in einem alten Wohnwagen mit undichtem Dach hauste und mit Geschwistern ein Bett teilen musste, sofern man nicht auf dem Boden schlafen wollte. Tom Whitehorse hatte noch nie Hunger gehabt oder war von der Feldarbeit so müde gewesen, dass sein ganzer Körper schmerzte, noch hatte er vor Nässe und Kälte gezittert, in einem Mantel, der so viele Löcher hatte, dass der Wind wie mit Messern hindurchschnitt. Er war nie mit Steinen aus der Stadt getrieben oder wegen seiner bräunlichen Hautfarbe verflucht worden, noch war ihm sein Essen von Wachen ins Feuer gekickt worden, wenn er so hungrig gewesen war, dass er das Gefühl hatte, sein Magen flattere schon gegen seine Wirbelsäule.

»Ich … ich besuche hier ein paar Freunde«, sagte Tom.

»Und wie kommt es dann, dass du mitten in der Nacht in einer dunklen Gasse umherschleichst?«, hakte Luka skeptisch nach.

Tom warf einen kurzen Blick über seine Schulter, dann sah er Luka ärgerlich an.

»Ich weiß nicht, was dich das angeht«, antwortete er eisig.

»Na gut«, sagte Luka. »Bitte entschuldige, dass ich mich in deine Privatangelegenheiten gemischt habe.«

Er trat zurück in den Schatten und biss die Zähne zusammen. Er fühlte den altbekannten Zorn wieder in sich aufsteigen, den Tom Whitehorse immer in ihm weckte. »Mach schon«, sagte er sarkastisch. »Die Luft ist rein. Niemand wird mitbekommen, dass du in einem ganz gewöhnlichen Gasthaus Ale getrunken hast. Lauf heim zu Mami!«

»Ich zumindest kann mit Sicherheit sagen, dass meine Geschäfte, worin auch immer sie bestehen mögen, ehrenhaft und edel sind. Was mehr ist, als du von dir behaupten kannst«, antwortete Tom wütend.

»Zum Donnerwetter, warum redest du eigentlich immer, als hättest du Murmeln im Mund?«, rief Luka aus. »Sprich doch einfach ganz normal, Mann! Willst du vielleicht behaupten, dass ich etwas Schlechtes im Schilde führe? Dann sag es nur und ich schlage dir dafür die Zähne ein.«

Tom atmete tief und geräuschvoll ein. »Um Himmels willen, sei leise!« Er sah sich wieder nervös um, dann zischte er: »Ich werde mich hier auf der Straße nicht mit dir streiten, Luka. Darum hör auf, mich zu provozieren. Ich habe keine Ahnung, was du hier tust, und es ist mir auch vollkommen egal. Lass mich nur einfach in Ruhe, verstanden?«

Dann, mit einem letzten Blick nach rechts und links, zog er seinen Umhang über sein Gesicht und lief die verlassene Straße hinunter, wo er im Nebel verschwand.

Luka blickte ihm ärgerlich und verwirrt nach. Dann sah er wieder zum Gasthaus. Er konnte sich keinen plausiblen Grund vorstellen, warum Tom Whitehorse an einem nebligen Abend in Epsom aus dem Fenster eines Gasthauses geklettert war. Es sei denn …

Sein Hirn reimte sich gerade ein paar mögliche, wenn auch kaum vorstellbare Gründe zusammen, als er erneut Schritte hörte, die sich heimlich in der Gasse näherten. Wieder drückte er sich in den Schatten.

»Luka?«, flüsterte Sebastien. »Bist du da?«

»Ja, ich bin hier«, flüsterte Luka zurück und zeigte sich.

»Lass uns hier abhauen! Da drinnen schnüffelt ein ungut aussehender Rüpel herum. Er fragt nach Zigeunerkindern, einem Bären, einem Affen und einem Hund. Er muss dir und Emilia auf der Spur sein.«

»Das ist Coldham, der Mann, von dem ich dir erzählt habe«, sagte Luka recht zittrig. »Ich habe ihn kommen sehen.«

»Gut, dass du nicht hineingegangen bist. Er hätte

dich sofort erwischt«, sagte Sebastien und rannte los. »Als ich hörte, dass er sich nach Zigeunern erkundigt, bin ich sofort zur Hintertür hinaus. Ich glaube nicht, dass er mich gesehen hat.«

»Aber ein paar andere haben dich gesehen, oder?«, sagte Luka fröstelnd vor Furcht. »Sie werden ihm sicher erzählen, dass die Zigeuner in den Downs sind.«

Sebastien nickte. »Das fürchte ich auch. Komm hier entlang, das ist eine Abkürzung.«

»Wir müssen hier weg«, sagte Luka.

»Ja, das denke ich auch. Gleich morgen früh.«

Luka schüttelte den Kopf. »Nein, jetzt sofort. Ich werde Emilia wecken, sobald wir im Lager sind.«

»Wenn du meinst ...«, sagte Sebastien unbehaglich.

»Sweetheart werde ich mitnehmen müssen«, fuhr Luka fort. »Wenn wir sie bei euch lassen, weiß Coldham, dass wir nicht weit sind.«

Er brachte die Worte kaum hervor, was einerseits mit der Anstrengung zu tun hatte, im Dunkeln den Berg hinaufzulaufen, aber auch mit der grässlichen Angst in seiner Magengrube.

»Ihr solltet nicht sofort loslaufen«, sagte Sebastien. »Versteckt euch eine Weile und wartet, bis er weg ist. Wenn er so versessen darauf ist, euch zu verfolgen, wird er in ein paar Stunden ohnehin wieder unterwegs sein. Solange ihr euch versteckt, kann ich mit meinem Vater reden und ihn fragen, ob er euch nicht helfen kann, Beatrice und die anderen zu befreien. Und meine Mom wird euch etwas zu essen mitgeben und was ihr sonst noch braucht. Und wenn ihr dann loszieht, könnt ihr Sweetheart bei mir lassen. Dann kommt ihr schneller voran.«

»In Ordnung«, sagte Luka. »Kennst du ein sicheres Versteck?«

»Ich kenne genau den richtigen Ort für euch«, antwortete Sebastien. »Komm mit!«

Drei Ketten

Emilia war aufgewacht, weil Rollo neben ihr leise geknurrt hatte. Ihre Augen waren vom Weinen geschwollen und verklebt. Sie öffnete sie mühsam und sah sich um, während ihr Herz in der Brust schmerzte. Der Nebel waberte in bleichen, geisterhaften Schwaden über den Boden und zwischen den Wohnwagen. Mit einem Mal streckte sich ihr aus der Dunkelheit eine Hand entgegen. Emilia musste einen Schrei unterdrücken.

»Psst!«, machte Sebastien. »Ich bin es bloß.«

Er blickte sich um, weil sich ein paar Leute im Schlaf bewegten und vor sich hin murmelten. Er wartete, bis alles wieder still war, bevor er sich wieder an Emilia wandte. Sie hatte sich inzwischen aufgesetzt und beide Hände auf ihre Brust gelegt, als wenn sie Angst hätte, dass ihr Herz zwischen den Rippen herausspringen wollte.

»Was ist los?«, flüsterte sie.

»Wir haben den Mann, der euch verfolgt, in der

Stadt gesehen«, antwortete Sebastien. »Es ist nur eine Frage der Zeit, bis er hier heraufkommt. Ich kenne einen Ort, wo ihr euch verstecken könnt, bis er wieder weg ist. Luka ist schon dort.«

»Gut«, sagte Emilia und zog ihren Beutel zu sich heran. Die Bratpfanne, die darangebunden war, schepperte.

»Pst!«, machte Sebastien wieder.

Emilia nickte. »Entschuldigung«, flüsterte sie, während sie ihren Rock über ihr Unterkleid zog und sich ihr Tuch um die Schultern wickelte.

Sie kroch aus dem behelfsmäßigen Zelt und folgte Sebastien auf Zehenspitzen durch das Lager. Eine große Gestalt zeichnete sich vor ihr im Nebel ab und Emilia erkannte den Geruch von feuchtem Bärenfell.

»Sweetheart?«, flüsterte sie.

Der Bär antwortete mit einem Brummen und hob eine Pfote, um Emilia einen zärtlichen kleinen Hieb zu verpassen. Emilia klopfte der Bärin auf die Schulter.

»Sweetheart war leicht zu finden. Sie lag so nah am Feuer, dass ich dachte, sie versengt sich das Fell«, flüsterte Sebastien. »Aber deine Stute habe ich nirgends entdecken können, Emilia. Sie muss weggelaufen sein. Hast du sie denn nicht angebunden?« Seine Stimme klang äußerst besorgt.

Anstatt einer Antwort spitzte Emilia ihre Lippen und stieß einen leisen Pfiff aus. Sofort kam die Stute mit aufgestellten Ohren und hoch erhobenem Schweif aus der Dunkelheit.

»Sie kommt, wenn du pfeifst?« Sebastien war beeindruckt.

»Ich habe sie von klein auf aufgezogen«, antwortete Emilia. »Sie gehorcht besser als mancher Hund.«

»Und du bindest sie nicht an?«

»Nein, nie.«

»Hast du denn keine Angst, dass sie gestohlen werden könnte? Sie ist ein wunderschönes Tier.«

»Ich habe sie mit einem Bann belegt, damit sie nicht herumstreunt. Und mit einem anderen, damit sie nicht gestohlen wird.« Emilia sah Sebastien an, der neben ihr über die Hügel lief. Sweetheart trottete hinterher. »Macht ihr das etwa nicht?«

Sebastien zuckte die Schultern.

»Manchmal wohl schon. Ich weiß, dass meine Großmutter es tut, wenn wir ein besonders schönes Hengst- oder Stutfohlen haben. Aber mein Vater hält nicht viel von Zaubersprüchen.«

»Ich habe den Zauberspruch von meiner Mutter. Und sie stammte aus eurer Familie.«

»Vielleicht hat sie ihn ja von meiner Großmutter gelernt. Wie geht er denn, dieser Bannspruch?«

Aus seiner Stimme konnte Emilia nicht heraushören, ob er es wirklich wissen wollte oder ob er sie nur auf den Arm nahm, wie Luka es oft tat, wenn sie von Zaubersprüchen und Flüchen sprach. Aber sie antwortete ihm voller Ernst, indem sie mit verhaltener Stimme sagte: »Du musst eine Strähne von deinem eigenen Haar abschneiden und sie in die Mähne des Pferdes einflechten, unter das Deckhaar, wo man es nicht sehen kann. Und du musst sagen: ›Bleibe, bleib bei mir, denn du bist mein! Drei Ketten habe ich, um dich zu binden. Eine ist der Wind, eine ist die Sonne und eine die Erde unter deinen Hufen. Wohin ich gehe, dort sollst du hingehen. Und wo ich bleibe, sollst du bleiben.‹«

Emilia atmete tief durch, dann fuhr sie mit derselben leisen und feierlichen Stimme fort. »Dann kratzt du ein bisschen Erde unter dem Huf des linken Vorderbeins zusammen, nimmst ein paar Haare aus der Mähne und dem Schweif, drei Tropfen vom Blut des Pferdes und nähst alles zusammen mit etwas Gras oder Stroh in einen kleinen Beutel. Das alles vergräbst du so tief, dass es kein Hund oder Dachs ausgraben kann. Während du den Beutel vergräbst, sagst du: ›Ein Halm, ein Haar! Mögest du niemals Hunger leiden. Mag der, der dich stiehlt, sterben. Wie das Haar und der Halm soll er in der Erde begraben werden und nie mehr herauskommen. Erde, ich übergebe dir diese Dinge. Möge dieses Pferd stark, flink und unermüdlich sein – und für immer mein!‹«

»Und du hast alle diese Dinge vergraben und den Zauberspruch gesprochen?«

Emilia nickte. Und als ihr aufging, dass Sebastien sie im Dunkeln nicht sehen konnte, sagte sie »Ja«.

»Meinst du, dass sie wegen des Bannes nie davonläuft?«

»Und weil sie weiß, wer sie füttert«, ergänzte Emilia nüchtern.

»Vielleicht sollte ich unsere Pferde auch mit einem Bannspruch belegen«, überlegte Sebastien. »Denn uns die Rösser wegzunehmen und uns im Gegenzug nichts weiter als ein Stück wertloses Papier zu geben, ist doch Diebstahl, findest du nicht auch?«

»Allerdings«, stimmte Emilia zu.

Eine Weile zogen sie schweigend weiter. Sebastien hatte seinen Blick auf den Weg geheftet, der sich vor ihnen wie ein helles Band dahinschlängelte. Richtung Süden fielen die Downs sehr steil ab und es war gefährlich, nachts hier herumzuwandern, weil sich unvermittelt ein Abgrund auftun konnte.

Es war vollkommen still. Sogar ihre Schritte waren kaum hörbar. Sie wurden vom Nebel verschluckt, der bis zu ihren Hüften hochwogte. Emilia zitterte. Alles war so merkwürdig und wie im Traum. Der Dunst, der mit klammen Fingern über ihre Wangen strich, der Wind, der sanft in ihr Ohr säuselte, die Berge, die einsam und unveränderlich dalagen. Sie glaubte, hinter sich jemanden zu hören und riss den Kopf herum. Aber außer wabernden Nebelschwaden konnte sie nichts sehen. Daher drehte sie den Kopf wieder nach vorn und kniff die Augen zusammen, um Sebastien ausmachen zu können, der nur wenige Schritte vorauslief.

»Wo gehen wir hin?«, fragte sie aus Neugier, aber auch um eine menschliche Stimme zu hören.

»Ich kenne einen Stalljungen auf ›The Durdans‹. Das ist ein großes Herrenhaus in der Nähe der Stadt«, antwortete Sebastien. »Er ist auch derjenige, der mir gesagt hat, dass dieser Coldham nach Zigeunerkindern gefragt hat, und der mir geholfen hat, ungesehen zu verschwinden. Sie haben dort riesige Ställe und eine Menge Nebengebäude. Es gibt alle möglichen Winkel, wo ihr euch verstecken könnt. Niemand wird dort nach euch suchen. Und es gibt auch Platz für Sweetheart.«

Der Weg gabelte sich. Auf der einen Seite führte er weiter in die Dunkelheit, auf der anderen Seite fiel er steil zu den Lichtern im Tal herab. Sebastien, der Sweetheart an der Kette führte, nahm den Weg nach unten. Vor Müdigkeit und Angst stolpernd, folgte Emilia ihm, so schnell sie konnte, während Alida behände hinter ihr lief und Rollo, mit der Nase auf dem Boden, vorneweg.

Emilia war erleichtert, als sie das Tal erreichten – die Straße mit dem Graben, die Hecken und Bäume, die hier und da aus dem Nebel auftauchten und wieder verschwanden. Aber so konnte Emilia sicher sein, dass sie sich vorwärtsbewegte und nicht nur auf der Stelle lief.

Unten im Tal war der Nebel so dicht, dass sie kaum einen Fuß weit sehen konnte. Sebastien ging so schnell, dass sie befürchtete, sie könne ihn verlieren. Darum rannte sie zwischendurch immer mal wieder, wobei sie ihre Füße an den Steinen auf der Straße verletzte und sich sogar den Knöchel umknickte, als sie in ein Schlagloch trat. Sie hielt den Atem an vor Schmerz und humpelte mit Tränen in den Augen weiter.

In diesem Moment drehte sich Sebastien um. Er kam zu ihr zurück und hob sie auf Alidas Rücken. Alles, ohne ein Wort zu sagen. Emilia lächelte ihn dankbar an, auch wenn er ihr Gesicht im Dunkeln nicht sehen konnte. Ein wenig getröstet, ließ sie sich von ihm führen.

Nach etwa zehn Minuten erhob sich vor ihnen ein hoher Eisenzaun mit einem großen Tor, über dem ein Wappen prangte. Sebastien hielt nicht auf das Tor zu, sondern führte den Bären und das Pferd weiter die Straße entlang. Durch die Gitterstäbe konnte Emilia ein lang gestrecktes Haus mit hohen Kaminen und vielen Fenstern erkennen, in denen zum Teil noch Licht brannte, obwohl es weit nach Mitternacht war. Versonnen überlegte Emilia, wie es wohl sein mochte, in einem solchen Haus zu wohnen. Sie stellte sich einen Raum nach dem anderen vor, mit hohen Decken und zahlreichen Möbeln, und fragte sich, was die Leute wohl mit so vielen Räumen anfingen.

Tom Whitehorse hatte ihr einmal erzählt, dass das Gutshaus seines Vaters einen Raum zum Frühstücken hatte und einen anderen, um am Nachmittag Tee zu trinken, einen für das Abendessen, wenn die Familie unter sich war, und noch einen weiteren, wenn sie Gäste hatten. Es gab einen Tanzsaal und einen Raum, wo die Männer Zigarren rauchten, und noch mal einen anderen, in dem Blumen in Vasen arrangiert wurden. Emilia war damals nicht sicher gewesen, ob sie ihm glauben sollte oder nicht. Es klang jedoch nach furchtbar viel Aufwand, wenn man immer von einem Raum in den anderen gehen musste, je nachdem, was man gerade tun wollte.

Emilia war auf Alidas Rücken fast eingeschlafen, als sie auf einen anderen Weg bogen und an eine kleine Pforte gelangten, die in eine hohe Mauer eingelassen war. Sebastien klopfte leise. Fast im selben Moment wurde die Pforte geöffnet.

Ein Junge in Ledergamaschen und der groben Jacke eines Stallgehilfen erschien auf der anderen Seite. Er hielt einen Finger an die Lippen und winkte die beiden mit einer Kopfbewegung herein. Emilia musste ihren Kopf einziehen, um sich nicht am Türsturz zu stoßen.

Sie versuchte, sich im Dunkeln zu orientieren. Offenbar befanden sie sich in einem Innenhof, der an allen Seiten von Gebäuden umgeben war. Alidas Hufe klapperten über das Kopfsteinpflaster, zum großen Schrecken des Stallburschen. In aller Eile führte er sie über den Hof und durch eine große Tür, die in der Mitte quer geteilt war, in eines der Gebäude hinein. Drinnen war es stockfinster.

»Sebastien?«, ertönte Lukas Stimme. »Bist du das? Hast du Emilia bei dir?«

»Luka!«, rief Emilia erleichtert aus.

»Psst!«, machte der Stalljunge.

Ein Rascheln erklang, ein Kratz, Kratz, Kratz und

dann das Zischen und Fauchen, mit dem ein Schwefelholz angezündet wird. Hastig hielt der Stallbursche es an eine Kerze, die mit einem Flackern aufleuchtete. Dann blies er das Streichholz wieder aus und verstaute es sorgfältig in einer Schachtel.

»Du schuldest mir etwas«, sagte er zu Sebastien. »Wenn wir erwischt werden …«

»Wir werden nicht erwischt«, beruhigte ihn Sebastien. »Es ist ja nicht für lange. Außerdem wird das gesamte Haus nachher oben in den Downs sein und sich das große Rennen ansehen, das weißt du doch.«

»Hoffentlich gewinnt euer Pferd auch«, sagte der Junge grummelig. »Ich habe mein ganzes Monatsgehalt darauf gesetzt.«

»Es wird gewinnen«, antwortete Sebastien wieder mit unerschütterlicher Sicherheit. »Dicky, das ist Emilia. Ich bin mit ihrer Schwester verlobt, wodurch wir verwandt sind.«

»Meine Mutter war die Cousine deines Vaters und deine Großmutter war die Cousine meiner Großmutter, wodurch wir ganz ohne Zweifel verwandt sind«, antwortete Emilia. Sie war immer noch wütend darüber, dass die Hearnes sich so wenig Mühe gegeben hatten, ihnen zu helfen.

»Richtig«, sagte Sebastien. »Ich wusste doch, dass es irgendwie so war.«

Dicky nickte und murmelte eine Begrüßung. Als er den schläfrigen Bären sah, der gerade beim Gähnen seine Zähne zeigte, den großen zottigen Hund und den Affen, der aus Lukas Hemd heraussah, wurden seine Augen groß.

»Danke, dass du uns versteckst«, sagte Luka.

»Keine Ursache«, antwortete Dicky. »Dieses Haus ist unübersichtlich wie ein Kaninchenbau. Trotzdem werdet ihr euch gut verstecken müssen. Der alte Matthew, der Stallmeister, ist nämlich wild wie ein Löwe und scharfäugig wie ein Adler. Und er wird mir das Fell über die Ohren ziehen, wenn er euch hier findet.«

Die Kinder nickten, und Dicky deutete mit der Hand, in der er die Kerze hielt, herum, sodass die Schatten über die Wände wanderten.

»Hier gibt es genügend Stroh, auf dem ihr schlafen könnt«, sagte er, »und ich habe ein paar alte Decken gefunden. Sie stinken ein bisschen, aber ich denke, das wird euch nicht stören.«

Emilia öffnete den Mund, um zu protestieren, aber Luka warf ihr einen warnenden Blick zu und sie schloss ihn wieder. Allerdings hatte Dicky durchaus Grund für seine Bemerkung, auch wenn sie etwas unhöflich war. Schließlich hatten sie beide sich während der zwei Tage auf der Flucht nicht waschen können, und die Geruchsmischung aus Bär, Pferd, Hund und Affe wurde in dem kleinen Stall allmählich ziemlich aufdringlich.

Dicky hatte für sie einen Eimer mit Wasser gefüllt und einen Zinnbecher bereitgestellt, der halbwegs sauber war, dazu etwas Brot und kaltes Hammelfleisch, wovon Emilia annahm, dass es Dickys eigenes Frühstück war.

»Blast die Kerze aus, sobald wir weg sind«, sagte Dicky. »Wenn Matthew auf seinem Kontrollgang das Kerzenlicht sieht, kommt er in den Stall. Und außerdem ist es gefährlich, mit so viel Stroh überall.«

Emilia und Luka nickten.

Sebastien gähnte und hielt sich dann schnell die Hand vor den Mund. »Ich gehe jetzt auch lieber«, sagte er. »Ich muss wieder zurück in unser Lager und es ist schon ganz schön spät. Versucht, ein bisschen zu schlafen. Ich komme euch holen, sobald die Luft rein ist.«

»Ja, gut. Vielen Dank«, sagten Emilia und Luka, und er grinste und winkte ihnen im Weggehen freundlich zu.

»Denkt an die Kerze«, sagte Dicky, folgte Sebastien und schloss die Tür hinter sich.

Emilia und Luka sahen einander an.

»Coldham war in der Stadt?«, fragte Emilia.

Luka nickte. »Er hat nach uns gefragt. Er ist uns dicht auf den Fersen.«

»Die Hearnes werden ihm doch nicht sagen, wo wir sind?«

»Ich hoffe nicht. Aber ich glaube, wir sollten trotzdem weiterziehen. Sobald es hell genug ist, dass man etwas sehen kann, schleichen wir uns hier heraus. Dann machen wir uns auf in Richtung New Forest. Zu unseren Verwandten dort.«

»Das können wir nicht«, sagte Emilia.

»Warum nicht?«

»Wegen des Amuletts, des silbernen Pferdchens«, sagte sie. »Sebastiens Großmutter hat es. Ich hatte noch keine Gelegenheit, sie darum zu bitten.«

Luka machte eine ungeduldige Handbewegung. »Es ist nichts weiter als ein alter Glücksbringer, Emilia«, sagte er. »Er wird uns nicht helfen, unsere Familie aus dem Gefängnis zu befreien. Dazu brauchen wir Menschen. Allerdings haben die Hearnes schon ziemlich deutlich erklärt, dass sie uns nicht helfen wollen. Darum müssen wir weiterziehen und jemand anderen suchen, der uns hilft. Die Familie Wells vielleicht, unten im Süden. Oder die Smiths.«

»Ohne das silberne Pferdchen können wir nicht weiterziehen«, entgegnete Emilia und spürte wieder die Angst, die ihr die Brust zusammendrückte. »Baba hat gesagt …«

»Wir können es uns aber nicht leisten, abzuwarten und zu hoffen, dass sie uns ihr Amulett überlassen«, sagte Luka ungeduldig. »Wir haben nur bis zum Ende des Monats Zeit, unsere Leute aus dem Gefängnis zu holen. Dann werden sie nämlich vor den Magistrat geführt. Und du weißt, wie schnell der mit dem Hängen ist, wenn er seinen Urteilsspruch gefällt hat.«

Emilias Brust zog sich so eng zusammen, dass sie keinen Ton mehr hervorbrachte.

Luka sah sie an und sagte harsch: »Es wird alles gut.

Wir werden sie freibekommen. Ich habe fast schon einen Plan. Leg dich jetzt hin und versuch, ein bisschen zu schlafen. Wir haben morgen einen weiten Weg vor uns.«

Emilia wickelte sich in ihr Tuch, zog ihre Knie an ihr Kinn und rollte sich im Stroh zusammen. Rollo schmiegte sich in ihre Kniekehlen und seufzte tief. Luka deckte Emilia mit einer Decke zu und sagte: »Hab keine Angst, Emilia. Wir werden sie befreien.«

Emilia nickte und legte ihren Kopf auf ihren Arm. Luka blies die Kerze aus. Als er sich selbst hinlegte, hörte Emilia das Stroh rascheln. Nun war alles still, bis auf das Schnarchen der Bärin und von Zeit zu Zeit ein Schnauben von Alida.

Emilia hob ihre freie Hand und rieb die goldene Münze, die von ihrem Armband herabhing. Sie wünschte sich von ganzem Herzen, dass sie einen Weg finden würden, ihre Familie zu befreien.

Ein Kuhhandel

EPSOM DOWNS, SURREY, ENGLAND

14. August 1658

Das Geräusch einer Tür, die geöffnet wurde, riss Luka aus dem Tiefschlaf. Augenblicklich richtete er sich auf und griff mit klopfendem Herzen nach seinem Messer. Ein schwaches graues Licht erfüllte den Stall. Es reichte gerade aus, um schemenhaft sehen zu können. Lukas Blick flog zur Tür. Sebastien kam hereingeschlüpft. Luka seufzte vor Erleichterung laut auf und steckte sein Messer weg.

»Du hast mich vielleicht erschreckt!«, sagte er. »Ich dachte schon, jetzt kämen die Wachen!«

Sebastien verzog keine Miene. Er war bleich und sah angespannt aus.

»Ihr müsst aufstehen und mit mir zum Lager kommen«, sagte er.

»Warum? Was ist denn los?«

Während sie sprachen, begann Luka schon, ihre gemeinsamen Habseligkeiten zusammenzusammeln. Emilia setzte sich schlaftrunken auf. Ihr Haar hing wirr ins

Gesicht. Auch Rollo richtete sich auf. Er gähnte ausgiebig und zeigte dabei seine Zähne.

»Der Mann, der hinter euch her ist… Er ist heute früh zusammen mit den Stadtwachen im Lager aufgetaucht«, sagte Sebastien. »Er fragte, wo ihr seid, und als wir sagten, dass wir das nicht wüssten, haben die Wachen alle unsere Pferde beschlagnahmt.«

»Nein!« Emilia war entsetzt. »All diese herrlichen Tiere?«

»Ja, alle! Und keinen Penny haben sie bezahlt!«

»Das tut mir schrecklich leid«, sagte Luka hilflos. Auch wenn er wusste, dass es im Grunde nicht ihre Schuld war, hatte er dennoch ein schlechtes Gewissen. Zizi sah ihn ängstlich an, legte ihre dünnen Ärmchen um seinen Hals und fiepte leise. Luka streichelte sie.

Sebastien sah düster drein. »Mein Vater will euch sehen. Auf der Stelle.«

»Wozu das denn? Will er uns etwa den Wachen übergeben?«, rief Emilia aus.

»Das wird er schon nicht tun.«

»Auch nicht, um seine Pferde zurückzubekommen?«, hakte Luka nach.

Sebastien antwortete nicht und blickte unbehaglich.

»Wir werden nicht mitkommen«, entschied Luka. »Selbst wenn dein Vater nicht vorhat, uns auszuliefern. Aber möglicherweise lauert dieser Coldham irgendwo und wartet nur darauf, dass ihr ihn zu uns führt. Er ist dir doch nicht etwa gefolgt?«, fragte er plötzlich besorgt.

»Nein, natürlich nicht«, antwortete Sebastien.

»Bist du dir sicher?«

Sebastien biss sich auf die Lippen.

»Komm, Emilia, nichts wie weg hier!« Luka schwang sich den Beutel über die Schulter und wandte sich dann wieder an Sebastien. »Es tut mir leid«, sagte er. »Aber wir können dieses Risiko nicht eingehen. Wenn Emilia und ich auch noch eingesperrt werden, sind wir alle verloren. Wir werden alle gehängt werden oder verschleppt. Und das werde ich nicht zulassen.«

»Mein Vater will euch nicht an die Wachen ausliefern«, platzte Sebastien jetzt heraus. »Er will euer Pferd. Für das Rennen heute!«

»Er will Alida?« Emilia legte ihre Hand schützend auf den Widerrist ihres Pferdes. »Warum?«

»Weil sie aussieht, als wäre sie schnell«, antwortete Sebastien.

»Sie *ist* schnell«, entgegnete Emilia heftig. »Kein anderes Pferd kann es mit ihr aufnehmen.«

»Das ist gut«, sagte Sebastien. »Denn wenn wir für das Rennen heute kein Pferd haben, gibt es Ärger. Großen Ärger sogar. Es geht bei diesem Rennen um viel Geld und einen Verlust können wir uns nicht leisten.

»Es tut mir leid«, sagte Luka und griff nach Sweethearts Kette. »Aber das ist alles viel zu gefährlich.«

»Nein. Warte.« Emilia wandte sich an Sebastien. »Wird dein Vater uns helfen, wenn ich ihm Alida bringe?

Und wird deine Großmutter mir ihr Amulett überlassen? Das silberne Pferdchen?«

Sebastiens Augenbrauen zogen sich zusammen. »Ihr was?«

»Das Amulett, das sie trägt. Der Glücksbringer. Das silberne Pferd.«

Er zuckte die Schultern und setzte eine trotzige Miene auf. »Das weiß ich nicht. Vielleicht. Ich kann nicht für sie entscheiden.«

»Wenn dein Vater verspricht, uns zu helfen, und wenn deine Großmutter uns ihr Amulett gibt, werde ich euch heute helfen«, sagte Emilia. »Sonst verschwinden Luka und ich von hier und kommen nie mehr wieder.«

Sebastien ballte die Hände zu Fäusten. Sein Unterkiefer schob sich nach vorne.

»Allez-hopp!«, rief Emilia. Sofort stellte Alida sich auf die Hinterhand, schnaubte und schlug mit ihren Hufen in die Luft. Schnell machte Sebastien ein paar Schritte zurück.

»Glaub bloß nicht, dass du mir Alida wegnehmen kannst«, zischte Emilia. »Wir werden uns zu wehren wissen, wenn du es versuchst. Und Sweetheart und Rollo haben wir auch noch.« Sie gab ein neues Kommando und Alida ließ sich wieder auf alle viere fallen.

Sebastien hob beide Hände. »Ich würde doch nie versuchen, dir Alida zu stehlen«, sagte er und versuchte, scherzhaft zu klingen. »Wie du dich vielleicht erinnerst, bin ich über deinen Bannspruch bestens informiert.«

»Aber Emilia, das ist doch viel zu gefährlich«, protestierte Luka. »Coldham wird bestimmt dort aufkreuzen und uns suchen. Du weißt doch, dass er so leicht nicht aufgibt.«

Emilia zog die Augenbrauen zusammen. »Wir brauchen dieses Amulett«, sagte sie. »Es ist äußerst wichtig, Luka, da bin ich mir ganz sicher. Und bestimmt sind sie eher bereit, uns zu helfen, wenn wir ihnen aus der Patsche helfen.«

»Es ist ja auch eure Schuld, dass die Soldaten überhaupt gekommen sind«, fuhr Sebastien auf.

»Nein, ist es nicht«, antwortete Luka. »Dieser Kerl ist schuld daran – dieser Coldham! Wir haben ihn nicht gebeten, uns zu verfolgen ...«

»... und Jagd auf uns zu machen«, ergänzte Emilia.

»Wir müssen jetzt gehen, Milly. Vergiss das Amulett.«

Emilia schüttelte den Kopf. »Nein. Baba hat gesagt, dass wir das Amulett brauchen. Ich werde zu den Hearnes zurückgehen, mit Alida das Rennen reiten und die Wetten für Sebastiens Familie gewinnen. Und danach komme ich mit dir mit. Bleib du so lange mit Zizi, Sweetheart und Rollo hier. Ohne sie bin ich nur ein Zigeunermädchen wie jedes andere. Coldham wird mich nicht erkennen. Oder noch besser: Ich werde Sebastiens Kleider anziehen und mich als ein Junge verkleiden. Coldham sucht nach einem Mädchen in einem bunten Rock und nicht nach einem Jungen in Kniehosen.«

»Und was soll ich so lange anziehen?«, fragte Sebastien leicht beleidigt.

»Nichts«, antwortete Emilia. »Du bleibst zusammen mit Luka hier. Du bist eine … eine …« Sie fand das Wort nicht, nach dem sie suchte.

»Eine Geisel«, sagte Luka.

Emilias Augen leuchteten auf. »Genau, eine Geisel. Für den Fall dass ich nicht zurückkomme.«

»Und was wollt ihr dann mit mir anstellen? Mich umbringen?«, fragte Sebastien sarkastisch.

»Sollte dein Vater Emilia an Coldham ausliefern, der sie hängen lassen wird, werde ich dich ebenfalls den Wachen übergeben«, sagte Luka mit harter Stimme. »Dann werden wir sehen, wie er sich fühlt, wenn jemand aus *seiner* Familie darauf wartet, gehängt zu werden.«

Sebastien sah zunächst verblüfft drein, dann ärgerlich. Trotzdem begann er, seine Kleider auszuziehen, als Emilia ihn dazu aufforderte. Zum Schutz gegen die Kälte wickelte er sich in eine Decke.

Emilia befahl beiden Jungen, sich umzudrehen, und zog rasch Sebastiens Kniehose, Hemd und Jacke an, wobei ihr alles viel zu groß war. Dann drehte sie ihr Haar zu einem festen Knoten zusammen und stopfte es unter Sebastiens Kappe. Allerdings fühlte sie sich ohne ihren Rock ziemlich merkwürdig und unsicher. Obwohl die Kniehose so weit war, bedeckte sie viel zu wenig von ihren Beinen. Aber Emilia biss die Zähne zusammen und tat so, als mache es ihr nichts aus. Sebastien hingegen, wie nicht anders zu erwarten, machte das Ganze sehr wohl etwas aus. Er blickte mürrisch drein, sagte aber kein Wort und ließ sich, in die Decke gewickelt, im Stroh nieder.

Luka teilte das Brot und den Hammelbraten auf, dann sagte er mit unsicherer Stimme: »Du musst vorsichtig sein, Emilia. Beim geringsten Anzeichen von Gefahr haust du wieder ab. Einverstanden?«

»Einverstanden«, antwortete sie. »Bis später.«

»Und ab wann soll ich mir Sorgen machen?«

Emilia zuckte die Schultern. »Ich weiß es nicht. Heute Nachmittag? Oder bei Anbruch der Dämmerung? Ich werde zurückkommen, sobald ich kann.«

Während sie Alida auf den Hof hinausführte, hörte sie, wie Luka sich an Sebastien wandte und sagte: »Du hast nicht zufällig ein Kartenspiel bei dir? Ich glaube, das wird ein ziemlich langer Tag werden.«

Draußen hing der Nebel noch immer tief über den Gebäuden. Emilia sah sich vorsichtig um. Als sie sicher war, dass niemand sie beobachtete, führte sie Alida über den Hof durch das Tor hinaus auf die Straße. Mithilfe eines Wassertrogs stieg Emilia auf. Dann setzte sich Alida in Richtung Downs in Bewegung. Der Nebel war so dicht, dass sie nicht schneller als Schrittgeschwindigkeit reiten konnten, denn die Straße war voller Steine und Schlaglöcher.

Emilia hatte jetzt Zeit, über ihre Pläne nachzudenken. Sie gab sich größte Mühe, keine Angst zu haben. Aber so oft sie sich auch sagte, dass Coldham bestimmt aufgegeben habe und längst fort sei, bohrte sich die Furcht wie eine Nadelspitze in ihren Magen. Emilia atmete tief ein und aus und rieb die goldene Münze zwischen ihren Fingern, um sich Mut zu machen.

Als sie zu dem steilen Pfad kamen, der in die Hügel hinaufführte, glitt Emilia von Alidas Rücken herunter, um die Stute zu führen. Der Kalksteinweg war feucht und rutschig. Alles war still. Kein Vogel, der sang, kein Hund bellte. Der Nebel schloss sie ein.

Doch plötzlich trat Emilia unerwartet aus dem Nebel heraus. Sie befand sich auf einem breiten Hügelkamm mit grünen Wiesen, der sich vor ihr aus einem

weiten Meer von Wolken erhob. Der Himmel über ihr war klar und blau. Der Nebel unterhalb war weiß und bauschte sich zu weichen Bergen auf. Soweit Emilia sehen konnte, bildeten die Wolken Paläste und Tempel, die alle von der aufgehenden Sonne vergoldet wurden.

Eine ganze Weile lang stand sie überwältigt da und betrachtete all das. Unvermittelt brach sie in Tränen aus. Dann stupste Alida sie mit der Nase an und stieß ein leises, fragendes Wiehern aus. Emilia kletterte wieder auf den Rücken ihrer Stute. Sie trabte so leicht über den schmalen Gebirgsrücken, dass es Emilia schien, als hätte die Stute Flügel. Schnell hatten sie den höchsten Punkt des Hügels erreicht. Dann sah Emilia unter sich die Wohnwagen, die um das Lagerfeuer standen. Männer und Frauen standen klagend oder schimpfend herum. Ein paar saßen auf dem Boden und hatten ihre Köpfe in die Hände gestützt.

Als Alida mit ihrer hellen Mähne, dem wehendem Schweif und den gespitzten Ohren den Berg hinunter auf sie zugaloppierte, sahen alle ihnen entgegen. Felipe hob den Kopf, stand auf und machte ein paar eilige Schritte auf sie zu. Janka, die Großmutter, klatschte vor Freude in die Hände. Cosmo nahm die Pfeife aus seinem Mund und kniff, rasch kalkulierend, die Augen zusammen.

Emilia brachte ihre Stute zum Stehen. Alida warf den Kopf zurück und tänzelte, als wäre ihr klar, dass alle Augen auf sie gerichtet waren. Emilia sah zu Felipe.

»Die Sache mit euren Pferden tut mir leid«, sagte sie. »Mögen die Wachen für ihre schändlichen Taten büßen.«

Felipe nickte kurz.

»Sebastien hat gesagt, du brauchst meine Alida, damit sie für euch das Rennen läuft«, fuhr Emilia fort. »Ihr seid meine Verwandten und ihr seid in Schwierigkeiten. Ich will gern tun, was ich kann, um euch zu helfen. Aber als wir in großen Schwierigkeiten steckten und zu euch kamen, habt ihr euch von uns abgewandt.«

Felipe zog die Augenbrauen zusammen und sah beiseite. Cosmo kaute am Mundstück seiner Pfeife. Er hatte seine Hände in den Gürtel gesteckt und schätzte die Distanz zwischen sich und Emilia ab. Emilia aber hatte Alida mit einem guten Stück Abstand angehalten. Sie konnte ihre Stute wenden und fliehen, bevor Cosmo oder jemand anderes aus der Familie in die Zügel greifen konnte.

»Es ist gefährlich für mich, hier zu sein. Coldham und seine Soldaten sind möglicherweise ganz in der Nähe und verstecken sich im Nebel. Ich hätte mich einfach aus dem Staub machen können, dann hättet ihr keine Chance gehabt, dieses Rennen zu gewinnen. Aber ich bin mit meiner Alida zu euch gekommen – trotz der Gefahr. Ihr seid meine Verwandten und deswegen will ich euch einen Handel anbieten.«

Felipes Augenbrauen gingen in die Höhe. Er tauschte mit Cosmo Blicke aus. Auf Cosmos pockennarbigem Gesicht machte sich ein Grinsen breit. Emilia wusste, was die beiden dachten. Sie waren Pferdehändler und daran gewöhnt, gewieft zu verhandeln. Und sie war nur ein kleines Mädchen. Um das ganze Lagerfeuer waren Seufzer der Erleichterung zu hören. Alle entspannten sich ein wenig und lächelten.

»Zuallererst: Bevor ich dieses Rennen für euch reite, möchte ich das kleine silberne Amulett haben, das Großmutter Janka trägt«, sagte Emilia.

Erstauntes Gemurmel. Janka hob ihre Hand an den Hals und berührte etwas. Felipe sah sie an und hob eine Augenbraue.

»Woher weißt du von dem silbernen Pferd?«, wollte Janka wissen. »Es gehört uns. Es ist der Glücksbringer unserer Familie.«

»Mit eurem Glück ist es vorbei«, antwortete Emilia. »Und ebenso mit euren Pferden.«

»Glaubst du vielleicht, mit diesem kleinen Amulett wird dein Pferd schneller laufen?«, fragte Felipe. An seinem Tonfall konnte Emilia erkennen, dass er genau wie Luka mehr auf seine eigene Kraft und Gewitztheit vertraute als auf die angebliche Macht eines kleinen silbernen Anhängers.

Emilia sah Janka an. »Seitdem das Armband mit den Amuletten aufgeteilt wurde, mussten die Zigeuner schwere Zeiten durchmachen, wie ihr wisst.«

Felipe schnaubte, aber Cosmo runzelte die Stirn und

rieb mit dem Daumen über die zerfledderte Hasenpfote, die er am Gürtel trug.

»Willst du mein Amulett etwa für immer behalten?« Janka klang aufgebracht. »Oder nur für das Rennen?«

Emilia nickte. »Zumindest so lange, bis meine Familie wieder frei ist«, sagte sie bettelnd und wünschte, sie hätte ihre Stimme besser unter Kontrolle. Sie wusste, dass man während eines Handels keine Schwäche zeigen durfte.

»Kommt nicht infrage.« Janka verschränkte die Arme.

»Dann gehe ich wieder«, sagte Emilia und wendete ihr Pferd.

»Warte! Warte!«, rief Felipe. Er wandte sich an seine Mutter. »Das ist doch nur Tand. Du hast viel schöneren Schmuck. Gib der Kleinen den Anhänger. Wenn sie ihn unbedingt haben will.«

»Es ist der Glücksbringer dieser Familie!«, rief Janka aus. »Ich habe ihn von deinem Vater bekommen, nachdem seine Mutter gestorben war.«

»Wir sind alle miteinander verwandt«, sagte Emilia. »Unser Wohnwagen ist unsere Familie und die Welt ist unser Wohnwagen.«

Die Alte zog eine finstere Miene und hielt ihr Amulett fest umklammert. Aber Felipe trat auf sie zu und flüsterte ihr leise etwas ins Ohr. Störrisch schüttelte sie den Kopf und Felipe flüsterte weiter. Nach einer kleinen Weile zuckte sie mit den Schultern und zischte etwas Wütendes. Er antwortete besänftigend. Emilias Herz machte einen Satz, als sie sah, dass Janka noch einmal mit den Schultern zuckte, dann zögernd etwas über ihren Kopf zog und es ihrem Sohn reichte. Felipe trat auf Emilia zu und hielt ihr den Gegenstand hin.

»Hier«, sagte er. »Du bekommst das Amulett – und wir das Pferd.«

Emilia schüttelte den Kopf. »So einfach ist das nicht«, antwortete sie. »Ich will auch euer Versprechen, dass ihr uns helft, meine Familie aus dem Gefängnis von Kingston zu befreien.«

Felipes Hand schloss sich um das silberne Pferd herum. »Und worin soll diese Hilfe bestehen?«

Emilia wollte nicht verraten, dass sie das nicht wusste. Während ihr Hirn fieberhaft arbeitete, sagte sie: »Wir müssen sie freibekommen, bevor der Magistrat zu Beginn des nächsten Monats den Gerichtstag abhält. Bis dahin versuchen wir, die restliche Familie zu Hilfe zu holen. Wir werden sie alle bitten – wie auch euch –, sich mit uns am letzten Tag dieses Monats zu treffen. Und dann werden wir euch sagen, was ihr tun sollt.«

Felipe und Cosmo starrten sie wütend an, steckten dann die Köpfe zusammen und flüsterten aufgeregt. Emilia wartete so angespannt, dass Alida vor und zurück tänzelte und ihren Hals bog. Sie konnte immer spüren, wie sich Emilia fühlte.

Jetzt wandte Cosmo sich erneut an Emilia. Sein Gesicht war hart und kalt.

»Für wen hältst du dich eigentlich, dass du mit uns handeln willst? Du bist nichts weiter als ein nichtsnutziges kleines Mädchen. Deine Familie sitzt im Kerker. Du hast kein Geld und trägst geliehene Kleider. Wie kannst du es wagen, uns zu befehlen, was wir tun sollen?«

»Dann eben nicht«, sagte Emilia und trieb Alida an.

Wie immer bewegte Alida sich leicht und mühelos, wie der Wind, der über eine Wiese weht. Emilia war überrascht. Das Herz war ihr so schwer, dass sie geschworen hätte, diese Last drücke auf die Beine ihrer Stute.

»Warte!«, rief Felipe wieder.

Auf der Hügelkuppe hielt Emilia Alida an.

»Du verschwendest meine Zeit«, sagte sie kühl. »Wenn du willst, dass ich bleibe und für euch das Rennen reite, muss ich es jetzt wissen. Ansonsten mache ich mich auf den Weg.«

Cosmo lachte. »Mädchen reiten aber keine Rennen«, sagte er. »Falls deine Stute heute laufen sollte, dann werde ich auf ihrem Rücken sitzen.«

Emilia schüttelte den Kopf. »Es ist meine Stute.«

Cosmo beugte sich zu Felipe und flüsterte etwas. Nach einer Weile nickte Felipe.

»Gut, abgemacht, Kleine«, sagte Cosmo spöttisch. »Du bekommst das Amulett meiner Mutter und reitest heute das Rennen für uns. Wenn du gewinnst, kannst du das Amulett behalten, so lange du es brauchst. Und wir schwören, dir zu helfen, sofern wir es können.«

Emilias Herz machte vor Freude einen Sprung.

»Allerdings musst du uns so etwas wie eine Garantie hinterlassen. Das scheint mir nur fair. Wenn du also für uns das Rennen reitest und gewinnst, bekommst du unser wertvolles Familienamulett und das Versprechen, dass wir dir helfen. Aber wir bekommen dafür dein Pferd. Abgemacht?«

Emilia starrte ihn nur an. Vor Bestürzung hatte es ihr den Atem verschlagen.

Schmutz und Torheit

Mit einem Quietschen wurde die eiserne Zellentür geöffnet. Ein Wärter, der ein Tablett in Händen hielt, blickte vorsichtig herein. Er war ein großer Mann mit einer krummen Nase, Ohren wie Rotkohlblätter und Händen wie zu lange gebratenen Steaks.

Mimi und Sabina schrien auf und drückten sich an ihre Großmutter Maggie, die ihre Arme um sie legte.

Mimis Mutter Silvia sah verstört hoch. Nachdem sie versehentlich den Tod eines Wachmanns mitverschuldet hatte und deswegen die ganze Familie auch des Mordes angeklagt worden war, war sie in verwirrte Traurigkeit und Teilnahmslosigkeit versunken. Die früher lebhafte und fröhliche Frau hatte sich sehr verändert.

»Na, na, ihr müsst doch nicht schreien«, sagte der Wärter. »Ich bringe euch Frühstück. Habt ihr keinen Hunger? Ich fürchte allerdings, es ist nicht allzu reichlich. Der Koch hier ist geizig und nimmt das Beste immer für sich. Jedenfalls ist es besser als gar nichts.«

Er drückte mit der Schulter die Tür hinter sich zu und stellte das Tablett auf einen wackeligen Tisch. Durch Maggies Arme geschützt, sahen die beiden kleinen Mädchen ihn an. Der Wächter lächelte und zeigte dabei einen Mund voller krummer, verfärbter Zähne.

»Na hört mal, bin ich denn so Furcht einflößend?«, fragte er. »Ich will euch doch gar nichts tun. Seht mal, was ich euch mitgebracht habe.«

Er griff in seine Hosentasche und zog zwei hübsche kleine Lumpenpuppen hervor. Er hielt sie Mimi und Sabina hin, aber die wichen zurück und wollten nicht näherkommen. Daraufhin drehte er sich um und gab Beatrice die Puppen. Dabei sagte er entschuldigend: »Es liegt an meinem Gesicht, dass sie Angst haben.«

Beatrice lächelte matt und reichte die Puppen an die beiden kleinen Mädchen weiter, die sie eng an sich drückten. Obwohl sie Cousinen waren und keine Schwestern, waren sie sich mit ihren dünnen Ärmchen und großen schwarzen Augen so ähnlich wie Zwillinge. Sabina war zehn Jahre alt und Mimi ein Jahr jünger. Sie waren müde, gelangweilt, verängstigt und gereizt. Es war ein schönes Stück Arbeit gewesen, sie in den vergangenen zwei Tagen zu beschäftigen. Den Frauen waren lange schon die Geschichten ausgegangen und die Lust zu spielen.

»Ich nehme an, die habt Ihr nicht selbst genäht«, wandte Maggie sich an den Wärter und stand mühsam auf. Sie war eine dürre Vogelscheuche von einer Frau, mit einem Gesicht, das nur aus Nase und Falten zu bestehen schien. Während sie sprach, hatte sie eine erkaltete Pfeife in ihrem Mundwinkel. Von Zeit zu Zeit nahm sie sie heraus und betrachtete sie, als hoffte sie, dass auf wundersame Weise ein wenig Tabak aufgetaucht sei.

Der Wärter grinste. »Nein, nicht ich«, sagte er. »Das ist eine Handarbeit von meiner Frau.«

»Sie ist eine gute Näherin«, sagte Maggie. »Im Gegensatz zu mir.« Sie deutete mit einer Hand auf ihren zerfetzten Rock.

Der Wärter grinste wieder.

»Aber ich bringe eine Mahlzeit zustande«, fuhr sie fort, während sie sich über das Tablett beugte und das Essen darauf betrachtete. »Anders als Euer Koch. Nennt er das etwa eine Mahlzeit?«

»Ich fürchte ja«, antwortete der Wärter.

Maggie verzog das Gesicht. »Kein Wunder, dass in diesem Gefängnis alle krank werden«, sagte sie. »In der vergangenen Nacht hat niemand von uns ein Auge zugemacht, weil wir alle dem armen Mann nebenan beim Husten zuhören mussten. Kann man denn keinen Arzt für ihn holen?«

Der Wärter sah so entschuldigend drein, wie es für jemanden mit seinem Gesicht nur möglich war. »Ein Arzt kostet Geld«, sagte er.

»Das ist richtig«, antwortete Maggie. »Sagt mal, ist Eure Ehefrau eine ebenso gute Köchin wie Näherin?«

»Das kann man wohl sagen«, antwortete der Wärter stolz.

»Ihr seid ein glücklicher Mann.«

»Das weiß ich.«

»Wahrscheinlich ist sie auch eine gute Hausfrau und hat einen kleinen Garten, wo sie Kräuter und Gemüse für die Küche anbaut?«

»So ist es«, antwortete der Mann und klang ein wenig verwundert.

»Und ich bin sicher, sie ist eine barmherzige Frau, so wie Ihr barmherzig seid und unseren Mädchen diese hübschen Püppchen gebracht habt.«

»Sie ist die beste aller Frauen«, sagte der Mann.

»Meint Ihr, Euer Weib könnte ein wenig Gemüsesuppe für unsere Mädchen entbehren? Sie sind noch klein und sie essen nicht viel. Und für unseren Buben auch? Denn sie werden bestimmt krank, wenn sie dieses madige Zeug essen.«

Der Wärter schluckte. »Ich weiß nicht, ob es gestattet ist …«

»Ihr müsst es ja niemandem sagen«, unterbrach ihn Maggie. »Nur ein bisschen Brühe, mit ein paar Kartoffeln darin. Oder ein bisschen Brot und Käse. Es ist ja nicht für lange. Wir werden vor den Magistrat geführt, wenn er Ende des Monats kommt. Und dann seid Ihr uns wieder los.«

Der Wärter schluckte erneut. Er wusste so gut wie Maggie, dass die Zigeuner an den Galgen kommen würden. Er blickte auf die kleinen Mädchen, die nun glücklich mit ihren Puppen spielten, und sagte: »Ich denke, ein bisschen Brühe wird wohl nichts schaden …«

»Ihr seid ein guter Mann«, sagte Maggie freundlich. »Sagt mir, wie heißt Ihr?«

»Maloney, Ma'am«, antwortete er und wurde rot, denn niemand nannte eine klapperige alte Zigeunerin »Ma'am«.

»Und Eure liebe Frau?«

»Jenny.«

»Sagt Mistress Jenny meinen Dank für die Püppchen. Vor allem für die Kleinen ist es schlimm, an diesem schrecklichen Ort eingesperrt zu sein.«

»Das ist es wohl«, sagte Maloney und blickte sich traurig um.

»Sagt, habt Ihr selbst auch Töchter, dass Ihr so gut wisst, was meinen Kleinen gefällt?«

Der traurige Blick des Wächters verdunkelte sich zu tiefstem Kummer. »Wir hatten zwei Mädchen«, sagte er. »Aber sie sind gestorben. Zwei Jahre ist es nun her. Mary, unsere Große, wäre nun acht Jahre alt. Und Annie, die Kleine, wäre sechs.«

»Oh, das ist schrecklich«, sagte Maggie teilnahmsvoll. »Es gibt wohl nichts Schlimmeres, als ein Kind zu verlieren, nicht wahr? Eure Frau und Ihr habt keine weiteren Kinder, die Euch in Eurer Trauer trösten könnten?«

Er schüttelte den Kopf. »Wir haben es versucht,

aber ... « Seine Stimme erstarb. Dann drückte er seine Schultern durch und sagte schroff: »Aber ich sollte nicht hier herumstehen und klatschen wie ein altes Waschweib. Ich habe zu tun.«

Er wandte sich um und wollte gehen, aber Maggie streckte ihre magere Hand nach ihm aus. »Wenn Ihr wollt, könnt Ihr Eure Frau zu mir bringen. Dann kann ich sie mir ansehen«, sagte sie leise. »Ich kann ihr sagen, ob sie noch Kinder haben wird und ... vielleicht ... ihr helfen, eins zu bekommen.«

Der Mann warf Maggie einen kurzen Blick zu und sagte: »Das könnt Ihr? Wirklich?«

»Ich kann es versuchen«, sagte Maggie.

»Gut«, sagte er eifrig. »Aber dazu muss es dunkel sein. Der Pastor oder der Aufseher dürfen es nicht mitbekommen.«

»Sehr richtig«, antwortete Maggie. »Sie soll sich ihr Tuch um den Kopf wickeln. Damit niemand sieht, wer zum Gefängnis geht.«

Er nickte, ging hinaus und schloss die Tür hinter sich. Beatrice blieb gerade Zeit, ihrer Großmutter einen fragenden Blick zuzuwerfen, bevor er wiederkam und Maggie ein kleines, in Papier gewickeltes Paket in die Hand drückte.

»Für die Kleinen«, sagte er. »Damit sie nicht darben müssen.«

Sobald er wieder draußen war, öffnete Maggie das Paket. Darin befanden sich zwei hart gekochte Eier, ein

Kanten Graubrot, ein Stück Speck, eine Scheibe Käse und zwei kleine rote Äpfel.

»Das muss sein eigenes Mittagessen sein«, sagte Beatrice fassungslos. Sie war überrascht von seiner Freundlichkeit.

»Und es ist besser, als dieser kalte, madige Haferbrei. So viel ist mal klar!« Maggie setzte sich wieder und begann ein Ei zu schälen. »Kommt, meine Kleinen«, lockte sie Mimi und Sabina und brach das Ei in zwei Hälften. »Ihr habt doch bestimmt Hunger.«

»War es denn nicht gefährlich, ihm anzubieten, seiner Frau wahrzusagen?«, fragte Mimis ältere Schwester Lena neugierig, als sie hinzukam, um sich ihren Anteil Essen zu holen.

»Ich glaube nicht«, antwortete Maggie. »Was können sie mir denn antun? Mich einsperren und mir drohen, mich zu hängen?«

»Sie könnten dich als Hexe verbrennen«, sagte Beatrice. Ihr Hals war vor Angst zugeschnürt.

»Ja, das stimmt. Das könnte sein. Aber ich dachte, das Risiko ist es wert.«

»Aber … wozu?«

Maggie hielt das Brot und den Käse in die Höhe. Sie hatte beides für sie alle in kleine Stücke geteilt.

»Wenn er Mitleid mit uns hat, wird er zumindest besseres Essen für uns besorgen«, sagte sie. »Und außerdem muss ich an die Zukunft denken.«

»An die Zukunft?«, fragte Beatrice mit hoffnungsloser Traurigkeit in der Stimme. »Was denn für eine Zukunft?«

»Was für eine Zukunft auch immer ich für uns herausschlagen kann«, sagte Maggie. »Vielleicht kann ich mich selbst nicht retten, oder meine Söhne, oder noch nicht einmal dich. Aber die Kleinen? Ob sie die Kleinen wirklich hängen werden? Und wenn nicht – wo sollen sie dann hin? Wer wird sich um sie kümmern? Meine Verwandtschaft hoffentlich, aber es sind schlechte Zeiten für die Roma. Ich muss nach jedem Strohhalm greifen, den ich kriegen kann.«

Beatrice begann zu verstehen. »Du denkst … du hoffst … dass er …« Sie deutete auf die Tür.

»Es schadet doch nicht, wenn man ein paar Samenkörner einpflanzt«, sagte Maggie. »Außerdem brauchen wir alle Hoffnung in unserem Leben. Und sogar ein Gefängniswärter hat sie verdient.«

Beatrice setzte sich mit ihren winzigen Brot- und Käsestücken auf den Boden, während ihre Großmutter Silvia zu überreden versuchte, ein wenig von dem hart gekochten Ei zu essen. Sie dachte über Maggies Worte nach. Wenn sie doch auch so optimistisch sein könnte! Ihre Gedanken wanderten zu Emilia und Luka und zu Sebastien, ihrem Verlobten. Und obwohl sie verzweifelt glauben wollte, dass die beiden Hilfe für sie und ihre Familie bringen würden, hatte sie keine Ahnung, wie das gelingen sollte. Beatrice setzte keinerlei Hoffnung in die Zukunft. Nicht die geringste.

Genau in diesem Moment sprachen Luka und Sebastien von Beatrice. Sebastien wollte alles über sie wissen. Also erzählte Luka ihm, wie Beatrice Emilia und Noah praktisch großgezogen hatte, obwohl sie selbst nicht viel älter war als sie. Und wie sie sich das Nähen beigebracht hatte, sodass sie Arbeit im Gutshaus gefunden hatte und der dortigen Schneiderin helfen konnte. Das brachte mehr Geld ein, als zur Erntezeit auszuhelfen, Körbe zu flechten und anderen Kleinkram anzufertigen. Sebastien hegte bereits die wärmsten Gefühle für seine zukünftige junge Frau. Luka wollte dieses Feuer weiter schüren. Daher erzählte er allerhand Geschichten über Beatrices sanftes Gemüt, ihre Geschicklichkeit und ihre Anmut. Er musste nicht einmal allzu sehr übertreiben, denn Beatrice war tatsächlich sehr liebenswürdig. Luka war froh, dass er meistens bei der Wahrheit bleiben konnte, auch wenn Beatrice für seinen Geschmack ein wenig zu schnell in Tränen zerfloss.

»Es ist ein Verbrechen, so ein hübsches und liebenswertes Mädchen ins Gefängnis zu stecken«, rief Sebastien aus. »Was hat sie denn Schlimmes getan? Was hat sie sich zuschulden kommen lassen?«

»Man wirft uns vor, wir hätten gebettelt. Das haben wir aber nicht. Wir haben für unser Geld gearbeitet«, sagte Luka entschieden. »Du hast doch gehört, wie

Beatrice gesungen hat. Findest du nicht, dass ihr Gesang sogar einen ganzen Sack voll Gold wert ist?«

»Doch, allerdings«, stimmte Sebastien zu. »Sie singt wie ein Engel!«

»Vielleicht ist das der Grund, warum der Pastor sie eingesperrt hat«, meinte Luka. »Er hasst alles, was hübsch ist oder Freude macht. Er kann es nicht haben, wenn die Menschen glücklich sind. Er will, dass wir alle genauso traurig und verbiestert werden wie er.«

»Ich verstehe diese Puritaner nicht«, sagte Sebastien. »Wenn sie mit langen Gesichtern herumlaufen, nur Schwarz tragen und sich unendlich schlecht fühlen wollen, dann sollen sie es tun. Aber warum müssen sie auch alle anderen Leute unglücklich machen? Was stört es sie, wenn wir singen, tanzen und fröhlich sind?«

»Es ist einfach unsinnig«, stellte Luka fest und hob Zizi in die Höhe, um sie sich auf die Brust zu setzen und sich von ihren Liebkosungen und der Weichheit ihres Fells trösten zu lassen.

Während Luka und Sebastien die langen Stunden des Tages mit Gesprächen verbrachten, verfasste Pastor Spurgeon Briefe. Er schrieb schnell und kraftvoll, füllte Seite um Seite mit geschwungenen schwarzen Buchstaben, die ihm mit großer Sicherheit und Entschlossenheit aus der Feder flossen. Von Zeit zu Zeit setzte er mit einem Schnörkel seine Unterschrift darunter, versiegelte den Brief mit rotem Wachs und legte ihn auf einen ordentlichen Stapel mit weiteren Briefen.

Er schrieb an alle möglichen Leute im Land, die er kannte. Er ermahnte sie und spornte sie zu größerem Eifer an. Er schwor sie auf seine Sache ein und setzte sie über die ungeheure Mühe in Kenntnis, die er sich machte, um sein Kirchspiel von verräterischen und heidnischen Elementen zu säubern, die das Große Werk zu untergraben gedachten wie Maulwürfe.

Und so seht die tiefere Bedeutung des Verses, in dem Gott Unser Vater das großartige Ziel und die Ausgestaltung seiner Sendung erklärt, schrieb Pastor Spurgeon flüssig, *nämlich, dass er nicht ›die Welt verdamme, sondern dass die Welt durch ihn errettet werde‹. Die erste Folgerung ist äußerst angenehm und tröstlich und uns allen bekannt durch die Worte ›Wer glaubt, ist nicht verdammt.‹ Was bedeutet, dass dem, der seine verlorene und verkommene Seele Gottes Hand anvertraut, mag er auch ein Sünder sein, ein großer Sünder sogar, vergeben wird und er errettet werden wird. Gott als sein Bürge hat seine Schuld gesühnt und seine Befreiung aus der Hand des Gerichts erwirkt.*

Pastor Spurgeon streute Sand auf die Seite, um die Tinte zu trocknen. Dann tauchte er seine Schreibfeder wieder in das Tintenfass und zog ein weiteres Blatt zu sich heran.

Die zweite Folgerung hingegen, schrieb er, *ist zutiefst nieder-*

schmetternd und furchtbar. Und wir kennen ihn durch die Worte: ›Der aber, der nicht glaubt, ist bereits verdammt.‹ Wofür am Ende des Verses die dazugehörige Erklärung gegeben wird: ›Denn er hat nicht an den Namen des eingeborenen Sohnes Gottes geglaubt.‹ Hieraus geht klar hervor, dass nicht zu glauben ein schweres Verbrechen ist, für das alle verantwortlich gemacht werden, die das Wort Gottes hören. Der Nichtgläubige wird nicht erst im Antlitz Gottes verdammt *werden, er ist bereits jetzt bis in alle Ewigkeit verdammt.*

Pastor Spurgeon hielt einen Moment inne und dachte an die gottlosen Zigeuner, die er singend, tanzend und bettelnd auf dem Marktplatz erwischt hatte. Er erinnerte sich an das schwarzhaarige Mädchen, ihre nackten Füße unter ihren Röcken, die warme Sonne auf ihrer Haut und ihre liebliche Stimme, mit der sie unablässig vom Freudentaumel der Liebe sang.

Er konnte ihr ihre Schönheit nicht verzeihen.

Pastor Spurgeon wandte seine Aufmerksamkeit wieder seinem Blatt zu und las noch einmal durch, was er geschrieben hatte. Dann fügte er diese Sätze mit solch heftigem Druck hinzu, dass die Feder das Papier durchstach: *Darum wisset, dass die, die das Wort Gottes nicht hören, durch Zügellosigkeit und Torheit dem Teufel dienen, und dass es für sie nur eine Strafe für ihre Sünden geben kann: nämlich die Todesstrafe.*

Das silberne Pferd

Das silberne Pferd war nicht größer als das erste Glied von Emilias kleinem Finger und war im gestreckten Galopp dargestellt. Sein Schweif war wie ein Banner aufgestellt und seine Mähne flatterte im Wind. Das Metall war von der Haut der alten Zigeunerin angewärmt, auf der es gelegen hatte.

Emilia hielt es in ihrer Handfläche und sah es durch einen Schleier von Tränen hindurch an. Dann befestigte sie das Amulett mit zitternden Fingern an dem goldenen Armband, das sie um ihr Handgelenk trug. Jetzt hing es neben der alten Münze, die ihre Großmutter ihr gegeben hatte.

»Eine Araberstute im Austausch gegen ein Stück alten Tand«, sagte Felipe leise zu seinem Bruder. »Fair ist das nicht.«

Cosmo rieb sich die Hände. »Solange beide Seiten mit dem Handel glücklich sind, spielt das keine Rolle.«

Emilia aber war nicht glücklich. Sie hatte das Gefühl,

dass es ihr das Herz zerreißen würde. Sie hatte Alida unterstützt, als sie sich aus dem Leib ihrer Mutter gekämpft hatte. Sie hatte dem kleinen Fohlen auf die Beine geholfen und ihm den Weg zur Milch der Stute gezeigt. Und sie hatte das Fohlen mit der ersten Handvoll Hafer gefüttert. Seitdem waren Pferd und Mädchen nie mehr voneinander getrennt gewesen. Beide waren Waisen, ihre Mütter waren ihnen auf grausame Weise entrissen worden.

Emilia hatte immer gedacht, dass sie lieber sterben würde, als ihre Stute wegzugeben. Wenn sie sich aber nun nicht von Alida trennte, bestand überhaupt keine Aussicht, ihre Familie je befreien zu können. Emilia glaubte an die Geschichte mit den sechs Amuletten aus tiefstem Herzen. Auch wenn Felipe Hearne das kleine silberne Pferd für wertlosen Tand hielt – Emilia wusste, dass sein Wert unermesslich und unerklärlich war. Den Handel zurückzuweisen, hätte bedeutet, jegliche Chance zu vertun, es ihrem Armband je hinzufügen zu können. Und das hätte für Emilia bedeutet, ihre Familie dem Henker auszuliefern.

»Meine Kleine, es wird nun Zeit, dass du dich auf das Rennen vorbereitest«, sagte Felipe, und seine Stimme klang überraschend freundlich.

»Es ist lächerlich, sie reiten zu lassen«, sagte Cosmo bestimmt. »Sie ist doch noch ein Kind. Was versteht sie schon von Pferderennen? Die Stute gehört jetzt uns! Ich werde sie reiten.«

»Nein«, widersprach Emilia ärgerlich. »Wenn ihr gewinnen wollt, müsst ihr mich reiten lassen. Alida ist nur an mich gewöhnt. Niemand anderes hat sie je geritten.« Tränen liefen über ihr Gesicht und sie wischte sie weg.

»Sie wird sich schon an mich gewöhnen«, sagte Cosmo. »Wenn sie so gut ist, wie du sagst, werden wir sie so oft wie möglich Rennen laufen lassen. Wir müssen ja ein bisschen von dem wieder hereinholen, was wir heute wegen euch verloren haben.«

»Das war nicht unsere Schuld«, protestierte Emilia. »Haben wir euch etwa die Pferde weggenommen?«

»Ihr habt diesen Coldham zu uns geführt«, antwortete Cosmo unerbittlich. »Wenn ihr nicht gewesen wärt, hätte er uns in Ruhe gelassen.«

Emilias Tränen flossen nun schneller. Mit einem Schluchzen holte sie Luft, um etwas Wütendes zu entgegnen, aber Felipe legte seine Hand beruhigend auf ihre Schulter.

»Komm, Kleine, weine nicht. Damit machst du nur deine Stute nervös. Und sie soll doch gut aufgelegt sein und sich auf das Rennen freuen. Es ist wirklich schade, dass du heute schon auf ihr galoppiert bist. Sie sollte doch nachher nicht müde sein! Ich werde ihr ein wenig Hafer und Zuckerrübensirup zusammenmischen. Und du bekommst einen Teller heiße Suppe und einen Schluck Ale. Nicht zu viel. Damit du nicht zu schwer wirst. Cosmo, lass die Kleine in Frieden. Heute schaffst du es ohnehin nicht mehr, die Stute an dich zu gewöhnen. Und wenn Emilia erst weg ist, wirst du genügend Zeit haben, dich mit ihr anzufreunden.«

»Na gut«, antwortete Cosmo unzufrieden. »Dann werde ich der Kleinen aber ein paar Tipps geben. Damit sie nicht in der ersten Kurve vom Pferd fällt.«

»Alida wirft mich nicht ab«, rief Emilia aus. »Das letzte Mal bin ich vom Pferd gefallen, als ich ein kleines Mädchen war.«

»Und wann war das? Letzte Woche?«, entgegnete Cosmo.

Emilia starrte ihn wütend an und ballte ihre Fäuste.

Felipe lachte. »Komm, Cosmo, hör auf, sie zu ärgern. Emilia, ich kann verstehen, dass du denkst, niemand könne Alida so gut reiten wie du. Aber Cosmo hat recht. Es ist ein schwieriger Parcours. Geh mit ihm in aller Ruhe die Strecke ab und lass dir von ihm ein paar Tipps geben.«

Widerwillig gab Emilia nach. Cosmo legte seine Hände zu einer »Räuberleiter« zusammen und half ihr auf den Rücken der Stute. Dann führte er sie vom Lager zur Rennstrecke, die in den Hügeln abgesteckt war.

Die Sonne hatte den Nebel so gut wie vertrieben, sodass die Downs in warmen Sonnenschein getaucht waren. Hier fiel der Hang nicht so steil ab, sondern lief mit sanftem Schwung zum Tal hin aus. Cosmo führte Alida die ganze Strecke entlang, die die Form eines schiefen Hufeisens hatte und etwa eineinhalb Meilen lang war. Sie verlief über einen Seitenausläufer der Downs sanft auf und ab und stieg dann steil zur Hügelkuppe an. Emilia war klar, dass der Aufstieg im Galopp äußerst anstrengend sein würde.

»Hier musst du dein Gewicht nach vorne verlagern«, erklärte Cosmo ihr. »Stell dich in die Steigbügel und lehn dich über ihre Schultern, damit sie unbeschwert laufen kann. Je weiter du dich nach vorne beugst, umso leichter wird es für sie werden. Wie sieht es mit deinem Gleichgewichtssinn aus?«

Anstatt einer Antwort hob Emilia ihren Fuß und stellte ihn auf Alidas schmalen Rücken. Sie stand auf und hielt im Stehen ohne Schwierigkeiten das Gleichgewicht, während die Stute weiterlief. Dann beugte sie sich vor, setzte ihre Hände auf die Schultern des Pferdes und machte einen Handstand, sodass ihre Füße nach oben in die Luft ragten. Alida, die an Emilias Kunststücke gewöhnt war, zuckte nicht einmal mit den Ohren.

Cosmo schnaubte nur. »Man muss sich so klein und windschlüpfrig wie möglich machen, um der Luft keinen Widerstand zu bieten«, erklärte er. »Wenn du auf dem Kopf stehst, wirst du das Rennen nicht gewinnen.«

»Aber du musst doch zugeben, dass ich das Gleichgewicht recht gut halten kann«, antwortete Emilia zuckersüß.

»Hoffen wir, dass es reicht«, antwortete er säuerlich.

Emilia schlug einen einwandfreien Salto, landete mit

ihren Füßen genau dort, wo sich gerade noch ihre Hände befunden hatten, und setzte sich wieder auf Alidas Rücken.

Hinter der Hügelkuppe führte die Rennstrecke nach unten und fiel mit einem Mal steil ab zu einer morastigen Stelle. Cosmo zeigte Emilia, wo der Boden noch einigermaßen fest war und warnte sie, dass hier viele Pferde ausrutschen und hinfallen würden.

»Das wird mich nicht weiter stören«, antwortete Emilia. »Die werden ohnehin alle hinter mir sein.«

Zu ihrem Erstaunen musste Cosmo lächeln und gab Alida einen freundschaftlichen Klaps aufs Hinterteil. »Hoffen wir es«, sagte er und klang geradezu herzlich.

Hinter dem Schlammloch bog die Rennstrecke um eine Kurve und fiel dann abermals etwa fünfzig Fuß ab, bevor sie sich zu einer lang gezogenen Gerade ausdehnte und zur Ziellinie hin wieder etwas anstieg.

»Hier musst du fest im Sattel sitzen«, sagte Cosmo. »Und sie auf der Zielgeraden kräftig antreiben. Nötigenfalls mit den Sporen.«

»Ich trage aber keine Sporen«, rief Emilia aus.

»Doch, das wirst du«, antwortete Cosmo. »Und ich erwarte, dass du sie benutzt, wenn nötig, ebenso die Peitsche. Vergiss nicht: Unser Handel basiert darauf, dass du dieses Rennen gewinnst.«

»Alida hat aber noch nie die Sporen bekommen«, sagte Emilia unglücklich.

»Dann wird sie umso schneller laufen, wenn sie sie

spürt«, antwortete Cosmo. »Sie wird sicher nervös sein. Darum musst du beim Start gut auf sie achtgeben. Lass sie nicht tänzeln oder an den Zügeln zerren. Halt sie gut fest und lass sie dann schnell loslaufen. Je besser du beim Start wegkommst, desto weniger musst du den Dreck der anderen fressen.«

Emilia nickte, dass sie das verstanden hatte.

»Denk daran, Pferde haben zwei blinde Flecke«, fuhr Cosmo fort. »Direkt vor ihnen und direkt hinter ihnen. Alida wird sich umschauen wollen, um zu sehen, wer ihr auf den Fersen ist. Aber das darfst du nicht zulassen. Halt ihren Kopf gerade, und lass sie wissen, dass du für sie Ausschau hältst.«

Emilia nickte, obwohl sie sich ganz und gar nicht sicher war, wie sie auf das alles achten sollte.

»Ich hoffe nur, dass du dein Pferd so gut kennst, wie du behauptest«, sagte Cosmo, als sie nun zum Zigeunerlager zurückkehrten. »Du bist noch nie ein Rennen geritten, und du hast keine Ahnung, was für eine Strapaze es für dich und das Pferd bedeutet. Wusstest du, dass ein Pferd bei einem solchen Rennen bis zu fünfundzwanzig Pfund an Gewicht verlieren kann?«

Das wusste Emilia nicht. Es klang furchtbar viel. Sie tätschelte besorgt Alidas Hals und die Stute wendete ihr ein Ohr zu.

»Alida wird auf dieser Strecke schnell ermüden«, fuhr Cosmo fort. »Diese Berge sind für jedes Pferd eine Herausforderung und sie ist ja noch eine Jungstute. Du wirst abwägen müssen, wie viel Kraft sie noch hat und wie erschöpft die anderen Pferde sind – und ob sie noch Ehrgeiz haben. Du wirst den richtigen Moment erspüren müssen, wann du ihr für die letzte Kraftanstrengung die Sporen gibst. Und gleichzeitig darfst du sie nicht zugrunde richten, indem du sie zu heftig peitschst.«

Emilia war deprimiert.

»Schaffst du das alles?«, fragte Cosmo und wandte ihr sein pockennarbiges Gesicht zu, während seine Augen in die Sonne blinzelten.

»Ich weiß nicht. Ich hoffe es aber«, sagte Emilia. Allmählich wünschte sie sich, sie wäre einfach mit Luka weitergeritten und hätte nicht mit Sebastiens Familie diesen teuflischen Pakt geschlossen.

Cosmo zuckte mit den Schultern. »Das tun wir alle.«

Als sie im Zigeunerlager ankamen, herrschte dort emsiges Treiben. Cosmo half Emilia vom Pferd.

»Ein Fliegengewicht bist du auf jeden Fall«, sagte er, als er sie auf den Boden setzte. »Ich wünschte nur, ich könnte mir sicher sein, dass du auch stark genug bist.«

»Ich bin sehr stark«, versicherte ihm Emilia.

»Ja, für dein Alter vielleicht. Aber du wirst gegen erwachsene Männer antreten. Und du musst dich vor ihnen in Acht nehmen. Sie wollen das Rennen genauso um jeden Preis gewinnen wie du. Bei so einem Rennen geht es nicht nur um Geld, sondern auch um Ruhm. Hast du das verstanden?«

Emilia nickte. Cosmo versetzte ihr einen kleinen Schubs.

»Geh etwas essen. Ruh dich ein bisschen aus. Ich werde mich um die Stute kümmern.«

Emilia war jedoch so aufgedreht und nervös, dass sie nichts essen konnte. Nach nur wenigen Löffeln Suppe stellte sie ihren Teller ab und schloss sich den anderen Zigeunern an, die nun zur Rennstrecke gingen und sich auf das Rennen vorbereiteten. Sie stellten improvisierte Stände auf, um ihre Erzeugnisse zu verkaufen. Das waren hauptsächlich Salben gegen verschiedene Pferdekrankheiten oder geflochtene Körbe und Sitzflächen für Stühle.

Mittlerweile waren schon viele Menschen eingetroffen, die erwartungsvoll umhergingen und miteinander Wetten abschlossen. Viele von ihnen waren Bauern aus der Gegend oder Bedienstete, von denen sich einige bei den Zigeunermädchen herumdrückten und mit ihnen flirteten. Die meisten aber interessierten sich mehr für die Pferde. Die Nachricht von der Beschlagnahmung im Zigeunerlager löste einige Enttäuschung aus, weil dies bedeutete, dass zwangsläufig weniger Pferde zum Rennen antreten würden. Felipe spielte das Unglück weiter aus, indem er mit heruntergezogenen Mundwinkeln herumlief, den Kopf schüttelte, die Schultern zuckte und seinen Blick zum Himmel erhob. Die Höhe der Wetten schien dadurch allerdings nicht beeinflusst zu werden, denn Emilia sah, wie er hinter den

Wohnwagen, als niemand zusah, von einem stämmigen Mann mit sehr dichten, struppigen Augenbrauen und einem roten Halstuch einen schweren Geldbeutel entgegennahm. Als Felipe bemerkte, dass Emilia sie beobachtete, zwinkerte er ihr kurz zu und steckte den Geldbeutel rasch ein.

Zu Emilias Überraschung befand sich eine ganze Reihe von Edelleuten in der Menge. Einige waren mit ihren Pferden gekommen. Sie standen bei ihnen und gaben ihren Reitern letzte Anweisungen. Das waren in der Mehrzahl junge Stallburschen in Uniform. Keiner war aber so jung und schmal wie Emilia.

Andere waren einfach als Zuschauer gekommen. Allerdings bemerkte Emilia, dass sie die meiste Zeit damit verbrachten, in kleinen Gruppen beieinanderzustehen und leise miteinander zu sprechen. Einige dieser Männer waren Kavaliere, die ihre Haare in langen Locken trugen. Sie hatten große Schnallen an den Schuhen und Federn an den Hüten. Sie kamen Emilia irgendwie gehetzt vor, denn sie sahen sich pausenlos um, als wenn sie Mithörer fürchteten.

Besonders ein Mann erregte Emilias Aufmerksamkeit: ein großer, blauäugiger Mann mit breiten Schultern und einer Adlernase. Er trug einen grünen Samtmantel, der zweifellos schon bessere Tage gesehen hatte. Am Hals und an den Ellbogen war er verschlissen und entlang einer Naht war er wenig fachmännisch gestopft worden. Auch seine hohen Stiefel waren abgenutzt, aber sorgfäl-

tig geschwärzt und poliert. Ebenso waren die Aufschläge an seinen Handgelenken, obwohl ausgebessert, sehr sauber. Er war zwar nicht mehr jung, sah aber gut aus und bewegte sich in der aufrechten Haltung eines Offiziers. Es war jedoch nicht seine Haltung, die Emilias Aufmerksamkeit erregte, und auch nicht seine schäbige Kleidung, sondern der Kontrast zwischen seinem tiefschwarzen Haar und seinen blonden Augenbrauen und Wimpern. Emilia hatte zuvor schon Männer gesehen, deren Augenbrauen bedeutend dunkler waren als ihre Haare, aber sie hatte noch nie jemandem mit so schwarzen Haaren gesehen, der nicht ebensolche Augenbrauen hatte. Das machte sie neugierig.

Das Verhalten der anderen Männer gegenüber dem Schwarzhaarigen war ebenfalls interessant. Sie benahmen sich trotz seiner schäbigen Kleidung sehr respektvoll und sogen jedes Wort auf, das er sagte.

Emilia sah, wie der stämmige Mann mit dem roten Halstuch ein Tablett mit Wein und edlen Kristallgläsern brachte und der kleinen Gruppe einschenkte. Dabei verneigte er sich tief vor dem Mann in Grün und reichte ihm als Erstem ein Glas. Dann hoben alle ihre Gläser zu einem leisen Trinkspruch, sahen nach Süden in Richtung des weit entfernt liegenden Meeres und nahmen einen großen Schluck. Ein paar der Männer schienen tief bewegt.

Vom Verhalten der Männer fasziniert, trat Emilia ein wenig näher. Mit einem Mal fragte sie sich, ob es sich vielleicht um Royalisten handeln könnte, die die Rückkehr des Königs planten. Ihr ging auf, dass ein Pferderennen die perfekte Tarnung für so eine Zusammenkunft wäre. Für die Royalisten war es schwierig, ihre Pläne voranzutreiben, weil alle größeren Versammlungen verboten waren. Nachrichten wurden abgefangen und untersucht. Selbst Briefe, die in Geheimsprache geschrieben waren, waren nicht sicher, weil Cromwell unter seinen Leuten eigens ausgebildete Entzifferer hatte. Auf diese Weise war es sehr schwierig, Zusammenkünfte zu organisieren, bei denen Gesinnungsgenossen eingeführt und Pläne für das weitere Vorgehen geschmiedet werden konnten. Ein Pferderennen war eine perfekte Tarnung, da verschiedenste Menschen zusammenkamen, miteinander redeten und sich untereinander mischten. Nachrichten konnten ebenso leicht weitergegeben werden wie Geld von Hand zu Hand wechselte. Ein aufmerksamer Posten musste nach den Stadtwachen Ausschau halten. Auch wenn Pferderennen verboten waren – die Strafe dafür war in der Regel nicht mehr als ein Bußgeld und eine Ermahnung, während auf Verschwörung gegen das Parlament der Tod stand.

Emilia hasste die Rundköpfe, seitdem sie ihren Vater umgebracht hatten. Und sie hatte eine tiefe Ablehnung gegen die puritanischen Ansichten derer, die das Land regierten, da sie all das ablehnten, was sie am Leben am schönsten fand. Sie näherte sich den Kavalieren Schrittchen für Schrittchen und hoffte, den einen oder anderen Satz aufzuschnappen.

Plötzlich weiteten sich ihre Augen vor Erstaunen. Zwischen den Edelleuten und in eine angeregte Unterhaltung vertieft, stand ein Junge, den sie gut kannte.

»Tom Whitehorse!«, rief Emilia aus. »Was machst du denn hier?«

Sein Kopf fuhr herum. Auf seinem Gesicht malten sich Angst und Schrecken, was sie nicht verstand. Er starrte sie an, erkannte sie in ihren Jungenkleidern aber nicht.

Die Edelmänner musterten sie kurz von oben bis unten, zogen die Augenbrauen zusammen, nickten Tom zu und gingen davon.

»Thomas, mein Junge, wir sprechen später weiter«, sagte der Schwarzhaarige.

»Aber … Mylord!« Toms Stimme klang gequält.

»Später. Wenn du Gelegenheit hattest, mit deinem Freund zu reden.«

Der Lord lächelte, nickte bedeutungsvoll und ging davon.

Tom sah Emilia mit zorniger Bestürzung an.

»Ich bin es«, sagte sie. »Emilia Finch. Erkennst du mich nicht?«

»Emilia!« Er war vollkommen erstaunt. »Was um alles in der Welt machst *du* denn hier?«

»Ich reite beim Rennen mit«, sagte sie.

»Du kannst kein Rennen reiten. Du bist ein Mädchen.«

»Heute nicht«, sagte sie kühl und deutete mit einer Handbewegung an ihrer Kniehose hinab. Sie begann, es schon zu bereuen, dass sie Tom angesprochen hatte.

Er sah sie empört an. »Das soll ja wohl ein Witz sein!«

»Nein. Ich meine es absolut ernst. An deiner Stelle würde ich auf Alida und mich setzen. Weil wir dieses Rennen nämlich gewinnen werden.«

Er verschränkte die Arme vor der Brust. »Ich bin nicht hier, um zu wetten«, sagte er.

»Nein? Warum dann?«

Er wurde rot und biss sich auf die Lippen. »Um Freunde zu treffen, sagte er kurz.

»Den Mann im Samtmantel etwa? Der ist aber so alt, dass er dein Vater sein könnte. Der ist doch wohl kein Freund von dir?«

»Ein Freund meines Vaters«, sagte Tom und errötete noch tiefer. Emilia öffnete den Mund, um weiterzufragen, aber Tom sagte schnell: »Er ist auch zu einem Besuch in der Gegend. Wir wohnen in … in einem der größeren Häuser hier. Ich … äh … ich bleibe auch nur ein paar Tage. Mein Gastgeber lässt heute eins seiner Pferde mitlaufen und wir sind hier, um zuzusehen.«

Tom winkte einem älteren Mann in einem kostbaren purpurfarbenen Mantel zu, der sich lässig auf einen Ebenholzstock mit silbernem Knauf stützte und dabei sehr ernsthaft mit dem schwarzhaarigen Lord sprach. Keiner von beiden interessierte sich für die Pferde.

»Der reitet aber doch nicht selbst?«, stellte Emilia fest.

»Natürlich nicht. Sein Stallbursche wird reiten.«

»Natürlich«, sagte Emilia spöttisch. »Wie konnte ich nur so dumm sein? Solche hohen Herren reiten nicht selbst.«

Tom funkelte sie an und war kurz davor, beleidigt zu sein. Dann lächelte er plötzlich. »Jedenfalls nicht wenn sie das Rennen gewinnen wollen«, gab er zu.

Emilia war erleichtert, dass er lächelte. Sie konnte nicht verstehen, warum er sich ihr gegenüber so nervös und ablehnend benahm, wo sie einander doch seit Jahren kannten.

»Ich muss jetzt gehen«, sagte sie. »Das Rennen geht gleich los. Wünsch mir Glück!«

»Von mir aus. Viel Glück!«, antwortete er.

Sie winkte ihm zu und ging zurück zu Felipe und Cosmo. Als sie sich wenige Augenblicke später noch einmal umdrehte, war Tom verschwunden.

Der Pakt mit dem Teufel

»Wo steckst du denn?«, rief Cosmo. »Das Rennen beginnt gleich! Los, schnell! Ich habe deine Stute schon gesattelt und gezäumt. Sie ist startklar. Ich habe ihr einen ordentlichen Schluck von meinem Spezialtrunk gegeben und jetzt ist sie kaum noch zu halten.«

»Warum? Was ist denn da drin?«, fragte Emilia.

Cosmo machte eine unbestimmte Handbewegung. »Ein bisschen hiervon und ein bisschen davon. Jetzt komm! Ich habe ein paar alte Stiefel gefunden, die dir passen müssten. Und ich leihe dir meine persönliche Glückspeitsche. Mit dieser Peitsche habe ich mehr Rennen gewonnen, als ich dir sagen kann.«

Während er sprach, führte er Emilia eilig durch die Menge zum Start der Rennstrecke. Hier standen ein halbes Dutzend Pferde, die von ihren Betreuern festgehalten wurden. Felipe war ebenfalls dort. Jetzt hielt er Alida am Zügel. Die Stute tänzelte und wich zur Seite aus. Das ungewohnte Gewicht des Sattels auf ihrem

Rücken und die Trense in ihrem Maul gefielen ihr nicht. Emilia wollte weder die Stiefel anziehen, an denen die schrecklichen Sporen saßen, noch wollte sie die Peitsche nehmen. Daraufhin wurden die beiden Hearne-Männer sehr wütend. Aber Emilia blieb standhaft. Sie hatte diese Dinge noch nie gebraucht, um Alida zu reiten, und sie würde auch jetzt nicht damit anfangen.

Am Ende zuckte Felipe die Schultern. »Für so etwas haben wir jetzt keine Zeit mehr. Hilf ihr hinauf.«

Cosmo half Emilia in den Sattel. Sie brauchte einen Moment, um sich an die Steigbügel zu gewöhnen. Nachdem sie ihr Leben lang auf dem bloßen Pferderücken geritten war, fühlte sich das ungewohnt an.

»Du hast mit den Steigbügeln viel mehr Kontrolle«, erklärte ihr Cosmo. »Denk daran, was ich dir gesagt habe. Setz sie ein!«

Emilias Mund wurde trocken und ihr Kopf vollkommen leer. Sie konnte sich an nichts erinnern, was Cosmo ihr gesagt hatte. Alida spürte ihre Panik und bäumte sich auf. Ein paar Burschen, die auf den anderen Pferden saßen, deuteten mit dem Finger auf sie und grinsten. Emilia fühlte, wie ihre Wangen zu glühen begannen. Sie brachte Alida streng zur Ruhe und nahm die Zügel in die linke Hand, damit sie die Glücksbringer an ihrem Armband anfassen konnte.

Zuerst rieb sie die goldene Münze zwischen ihren Fingern. *Die goldene Münze steht für Licht, Glück und Magie. Sie ist der Grund dafür, dass man mich Zigeunerkönigin nennt . . .*, hatte Maggie gesagt. Dann berührte Emilia das silberne Pferdchen, das durch die Luft galoppierte.

Das Amulett des galoppierenden Pferdes … ist aus Silber, dem Metall des Mondes, und besitzt die Kraft, die Tiere der Felder und des Waldes anzulocken und zu lenken. Das ist die Gabe, die auch du besitzt, mein liebes Kind.

Bei der Erinnerung an die Worte ihrer Großmutter brannten Tränen in Emilias Augen.

»Bist du bereit?«, fragte Cosmo.

»Ja«, antwortete sie weinend.

Als Felipe nun sein Halstuch löste und es in die Höhe hielt, erhob sich ein Jubel in der Menge. Alida scheute wegen des Lärms, aber Emilia zwang sie an die Startlinie, indem sie die Knie fest in die Seiten der Stute drückte. Die Jungen um sie herum waren angespannt und konzentriert, beugten sich tief über die Hälse ihrer Pferde, aber hielten sie gleichzeitig fest im Zaum. Die Pferde zitterten vor Aufregung, tänzelten, warfen ihre Köpfe hin und her und schnaubten durch ihre geweiteten Nüstern.

Emilia löste eine Hand, um Alidas samtigen Hals zu streicheln. »Lauf wie der Wind, mein Mädchen«, flüsterte sie ihr zu.

Als Startsignal ließ Felipe sein Halstuch fallen. Die Pferde rannten los. Von allen Seiten wurde Emilia angerempelt. Peitschen knallten in ihren Ohren. Jemand rammte ihr mit aller Kraft den Ellbogen in die Seite. Sie schrie auf und krümmte sich vor Schmerz. Alida verzögerte ihren Schritt und die große rotbraune Stute zu ihrer Rechten zog vorbei. Emilia biss die Zähne zusammen. Sie lehnte sich nach vorn und trieb Alida an. Während die Schritte der Stute länger wurden, rief Emilia sich ins Gedächtnis, was Cosmo gesagt hatte. Sie stellte sich in die Steigbügel, hob ihr Gewicht aus dem Sattel und beugte sich so weit vor, dass sie mit ihrem Kinn fast Alidas Hals berührte, der sich unter ihr hob und senkte. Die meisten Pferde fielen nun zurück. Emilia merkte, wie Alidas Kopf an den Zügeln zerrte, weil die Stute versuchte, sich umzusehen. Aber Emilia hielt sie fest im Griff. Die große rotbraune Stute, die vor ihnen lief, wirbelte große Erdklumpen auf, die Emilia ins Gesicht flogen und sie über und über mit Dreck bespritzten. Emilia hielt ihren Blick auf den Boden hinter der Stute geheftet und trieb Alida weiter an.

»Flieg wie der Wind, mein Liebling«, flüsterte sie. »Schnell wie der heiße Wüstenwind. Gott hat dir gegeben, wie ein Adler zu fliegen.«

Alida horchte auf Emilias Stimme. Ihre Hufe schienen den Boden kaum noch zu berühren. Mit der Nase berührte sie den Schweif der rotbraunen Stute, dann ihre schwer atmenden Flanken. Und schließlich zog Alida an ihrem starr gehaltenen Kopf vorbei, ihren weiß umränderten Augen. Als Emilia vorübergaloppierte, fühlte sie plötzlich und unerwartet einen Peitschenhieb in ihrem Gesicht. Er stammte von dem Reiter neben ihr. Obwohl sie laut aufschrie, verlangsamte sie das Tempo nicht, sondern richtete sich höher im Sattel auf, weil Alida nun den steilen Anstieg in einem mörderischen Galopp vor sich hatte.

Alida atmete keuchend. Ihre Nüstern waren weit geöffnet, um mehr Sauerstoff zu bekommen. Emilia merkte, wie Alidas Hufe im weichen Untergrund einsanken.

»Lauf, meine Schöne«, flüsterte sie. »Fliege dahin – für mich.«

Sie hörte Hufschläge näher kommen und spürte die Erde erzittern.

»Bitte, mein geliebtes Mädchen, bitte …«

Blut rann ihr über das Gesicht und das Salz ihres Schweißes brannte in der Wunde, die die Peitsche verursacht hatte. Emilia achtete nicht auf den Schmerz. Alida wurde langsamer. Emilia meinte, Alidas Herzschlag zwischen ihren Knien spüren zu können. Vor ihnen lag die grüne Kuppe des Hügels und der blaue Himmel wölbte sich über ihnen. Emilia stellte sich vor, sie würden zum Flug in den Himmel ansetzen, Flügel aus goldenem und silbernem Licht ausbreiten und von dem Hügel herunterschweben.

»Lauf, mein Liebling, du musst laufen …«, keuchte sie.

Alida preschte weiter voran. Sie überquerte den Scheitelpunkt des Hügels und raste dann den Abhang hinunter. Emilia schlug das Herz bis zum Hals. Sie riskierte einen kurzen Blick zurück. Die anderen Pferde folgten ihr mit rollenden Augen und bebenden Körpern. Schweiß und Schmutz klebten in ihrem Fell. Emilia sah, dass einige Pferde weit abgeschlagen waren und keine Bedrohung darstellten. Zwei Pferde aber, die große rotbraune Stute und ein leichtfüßiger Fuchs, folgten ihr mit unglaublicher Geschwindigkeit. Ihre Reiter hatten ihre Zähne zu einem verbissenen Grinsen gebleckt und schwangen unbarmherzig ihre Peitschen. Emilia konnte gerade noch das Blut an den Flanken der Pferde hinunterlaufen sehen, bevor sie wieder nach vorne schauen musste, weil sie eine Unregelmäßigkeit in Alidas Schritt wahrnahm.

Vor ihnen lagen die Kurve und die matschige Stelle des Parcours. Emilia verlagerte ihr Gewicht nach vorn und lehnte sich zur Seite, während die Stute der Biegung folgte. Emilia stemmte sich in die Steigbügel, als die Stute über den Graben setzte, elegant auf der anderen Seite landete und dann wieder beschleunigte, während die Strecke wieder anstieg. Emilia hörte das Donnern von Hufen hinter sich, dann einen heftigen, dumpfen Schlag. Noch einmal riskierte sie einen Blick zurück. Die rotbraune Stute hatte die Kurve zu schnell genommen. Sie war im Morast ausgerutscht und gestürzt. Ihre Schreie erfüllten die Luft. Ihr Reiter peitschte wütend auf sie ein, um sie wieder zum Aufstehen zu bringen. Emilia sah, dass sich das Pferd ein Bein gebrochen hatte.

Nun kam der Fuchs in leichtem Galopp angelaufen, übersprang die matschige Stelle und beschleunigte wieder. Der Bursche, der ihn ritt, drückte ihm die Sporen in die Seiten, und der Fuchs preschte voran. Seine Brust bebte und Schaum flog ihm vom verzerrten Maul.

Emilia sah nicht länger hin. Ihr Atem rasselte in ihrer Brust. Sie richtete ihren Blick auf die Ziellinie, wo Felipe stand und sein rotes Halstuch, das im Wind flatterte, in die Höhe hielt. »Los, Alida«, flüsterte Emilia. »Lauf wie noch nie in deinem Leben!«

Die Stute wollte gehorchen, aber sie war zu erschöpft. Ihre Hufe bewegten sich immer langsamer und langsamer. Jedes Mal wenn Alidas Hufe den Boden berührten, fühlte Emilia die Erschütterung in ihrem ganzen Körper. Hinter ihnen erklang das unerbittliche Donnern der anderen Pferdehufe. Es kam langsam, aber unaufhaltsam näher. Dann hörte Emilia keuchenden Atem. Durch die Luft fliegender schaumartiger Pferdeschweiß blieb an ihr kleben, als der Fuchs an ihre Seite galoppierte. Der fremde Reiter neben ihr hob und senkte sich gleichmäßig. Seine Augen waren nach vorn gerichtet. Und seine Peitsche zischte unbarmherzig.

Emilia atmete tief ein und stieß die Luft seufzend wieder aus. Sie lockerte ihren verzweifelten Griff und ließ der Stute die Zügel.

»Bitte, Alida«, flüsterte sie. »Flieg! Tu es für mich!«

Die Stute unternahm eine letzte große Anstrengung. Ihre Muskeln strafften sich unter dem mit Dreck bespritzten Fell. Der Rhythmus der Hufe beschleunigte sich. Einen Moment lang liefen die Schimmelstute und der Fuchs Kopf an Kopf. Dann streckte Alida sich und überquerte die Ziellinie nur eine Handbreit vor dem Fuchs.

Die Menge jubelte. Hüte flogen durch die Luft und Taschentücher wurden geschwenkt.

Emilia brachte Alida zum Stehen und glitt zu Boden. Sie konnte sich kaum auf den Beinen halten. Sie drückte ihr Gesicht in Alidas zuckendes Fell und ließ ihren Tränen freien Lauf. Um sie herum war ein einziges Getöse. Ihr war so schwindelig, dass sie Angst hatte, ohnmächtig zu werden. Von Ferne hörte sie Felipe voller Freude rufen: »Zur Kasse bitte, meine geschätzten Herrschaften. Was für ein Rennen! Vollkommen unvorhergesehen! Wer hätte gedacht, dass die kleine graue Stute so etwas leisten könnte? Zur Kasse, meine lieben Freunde!«

Cosmo schob seine Hand unter Emilias Ellbogen. »Beruhig dich, Kleine«, flüsterte er ihr ins Ohr. »Wenn du uns jetzt umfällst, werden sie dein Geheimnis entdecken. Hier, nimm einen Schluck.«

»Was ist das?«, flüsterte Alida.

»Mein Spezialtrunk«, antwortete er. Und dann, als sie ihr Gesicht abwandte, sagte er mit einem Lachen: »Pfirsich-Schnaps, du kleiner Dummkopf.«

Sie trank und spürte im gleichen Moment einen Schwall Wärme und Schwindel. Sie klammerte sich an Alida. Als der Schwindel verging, merkte sie, dass sie wieder stehen konnte. Sie wandte sich um, damit sie die begeisterten Gratulationen aus dem Gedränge um sie herum entgegennehmen konnte. Ihre Hand wurde so heftig geschüttelt, dass sie fast fürchtete, sie könnte abfallen. Und Alida wurde gestreichelt und in den höchsten Tönen gelobt. Ein Mann bot Felipe einen Beutel Goldmünzen für sie an. Ein anderer zischte, dass die Zigeuner betrogen hätten, wieder einmal, was Cosmo dazu brachte, nach seinem Dolch zu greifen und zu fauchen: »Was hast du gesagt?«

Emilia versuchte, Alida aus der Menge herauszuführen. Sie wollte sich ihre Stute genau ansehen und untersuchen, ob sie sich vielleicht verletzt hatte. Aber sie kam nicht durch. Mit einem Mal hörte sie einen hohen, schrillen Pfiff.

Im gleichen Moment fuhren die Köpfe von Felipe und Cosmo herum. Sie erstarrten. Cosmo hatte bereits Alidas Zügel ergriffen und ging mit ihr mit großen Schritten durch die Menge. Felipe hielt die Hand auf, forderte mit leiser, drängender Stimme sein Geld und eilte zurück Richtung Lager. Emilia sah sich um und bemerkte, dass alle übrigen Zigeuner auf dem Platz sich ebenso schnell zurückzogen. Angst stieg in ihr auf.

Sobald sie die Menschenmenge hinter sich gelassen hatten, drehte Cosmo sich zu ihr um und hob sie in den Sattel.

»Mach dass du wegkommst, Emilia«, sagte er. »Nimm Alida und reite zu eurem Versteck, wo immer es ist. Sag Sebastien, dass wir ihn unterwegs treffen werden, verstanden?«

Emilia nickte. Sie hatte viel zu viel Angst, um zu sprechen.

»Und sieh zu, dass er die Stute wieder mitbringt«, fügte Cosmo warnend hinzu. »Sonst werde ich dich persönlich verfluchen.«

»Roma verfluchen Roma nicht«, presste Emilia hervor.

»Doch, das tun sie, wenn sie sich gegenseitig die Pferde stehlen. Diese Stute gehört jetzt mir, Kleine.«

»Nur solange, bis ich euch das silberne Amulett wiedergebe«, protestierte Emilia.

Sie sah jedoch in seinem Gesicht, dass er nicht glaubte, dass sie lange genug leben würde, um das Amulett zurückzugeben. Das verstärkte ihre Angst, aber jetzt blieb keine Zeit für weitere Worte.

Cosmo versetzte Alida einen leichten Klaps und das erschöpfte Pferd trabte los. Emilia fühlte sich so schwach und elend, dass sie beinahe aus dem Sattel rutschte.

Warnrufe kamen aus der Menge. Emilia sah zurück.

Eine Kompanie von Rundköpfen kam über die Hügel marschiert. Die Sonne glänzte auf ihren Helmen und Lanzen. An ihrer Spitze ging, ungeduldig ausschreitend, ein großer Mann mit breiten Schultern. Er trug einen braunen Ledermantel und an der linken Hand einen eisernen Handschuh. Emilias Herz setzte einen Moment aus.

Coldham!

Er hob den Kopf und ließ seinen Blick über die Menge gleiten. Dann entdeckte er Emilia! Für einen kurzen Augenblick trafen sich ihre Blicke. Er hob seinen Arm und bellte einen Befehl. Die Soldaten begannen, sie im Laufschritt zu verfolgen.

Emilia bohrte ihre Fersen in Alidas Flanken und die Stute setzte sich schwerfällig in Bewegung. Emilia riskierte einen weiteren Blick über ihre Schulter. Coldham griff nach den Zügeln eines Pferdes, das gerade für das nächste Rennen bereit gemacht worden war. Es war noch frisch und voller Elan. Coldham schwang seinen schweren Körper in den Sattel und fluchte, als er merkte, dass die Steigbügel viel zu kurz waren. Das Pferd bäumte sich auf und tänzelte zur Seite, sodass es den großen Mann fast aus dem Sattel geworfen hätte.

Wirf ihn ab!, bat Emilia unhörbar. *Wirf ihn zu Boden!*

Das Pferd bockte wie wild. Zu Emilias großem Vergnügen warf es Coldham tatsächlich zu Boden. Emilia trieb Alida wieder an, um die Rennstrecke schnell hinter sich zu lassen. Währendessen stand Coldham fluchend auf und macht sich erneut daran, das Pferd zu besteigen. Als Emilia noch einmal zurücksah, saß er wieder im Sattel. Zwei Burschen hielten das Pferd, während er die Länge der Steigbügel verstellte.

Fieberhaft sah Emilia sich nach einer Fluchtmöglichkeit um. Sie wusste, dass Alida heute zu erschöpft war, um noch galoppieren zu können. Und selbst wenn sie sie noch einmal in einen Galopp hätte zwingen können, wäre Coldham ihr im nächsten Augenblick auf den Fersen gewesen. Und sie hätte ihn geradewegs zu dem Stall geführt, wo sich Luka und Sebastien versteckt hielten. Sie musste ihn irgendwie abschütteln.

Jenseits des Zigeunerlagers führte der Pfad ein ganzes Stück weit auf der Hügelkette entlang, bevor er sich gabelte und ein Teil wieder abwärts in die Stadt führte. Die Downs waren hier wegen des ununterbrochen wehenden Windes kahl und karg. Sie fielen zu beiden Seiten steil ab. Meilenweit gab es keinen einzigen Baum oder Felsen. Wenn Emilia sich verstecken wollte, musste sie ins Tal hinunter. Aber Coldham würde sie einholen, lange bevor sie den Weg nach unten erreicht hätte. Sie musste verschwinden, und zwar schnell! Daher holte sie tief Luft und lenkte die Nase ihrer Stute nach rechts, den steilen Abhang hinunter.

Alida wich zurück. Der Abhang neigte sich stellenweise fast senkrecht und der Boden war vom gestrigen Regen rutschig. Emilia klopfte Alidas Hals.

»Ich weiß, mein Mädchen, ich weiß«, sagte sie. »Aber du wirst es schaffen. Ich weiß, dass du es kannst.«

Alidas Fell zitterte. Sie drehte ihre Ohren in alle Richtungen und versuchte, einen Huf nach vorne zu setzen. Dann aber machte sie wieder einen Schritt zurück. Emilia flüsterte ihr ermutigend zu und sah zurück zur Rennstrecke.

Die Soldaten trieben die Leute zusammen. Manchen befahlen sie, nach Hause zu gehen, andere hielten sie zu Befragungen fest und mit wieder anderen gab es Auseinandersetzungen.

Ein paar Soldaten waren zum Zigeunerlager geritten. Sie wühlten in der Habe der Zigeuner und durchsuchten die Wohnwagen auf ihre gewohnte Weise. Sechs Soldaten hatten sich Pferde geschnappt und folgten Coldham, der in vollem Galopp auf Emilia zuritt und seinen Mund zu einem breiten, triumphierenden Grinsen verzogen hatte.

Die reinste Magie

Los, Alida! Hinunter!«, rief Emilia. Alidas ganzer Körper zitterte, dann spannte sie ihre Muskeln an und sprang elegant über die Kante. Sie rutschten und schlitterten den Abhang hinab. Felsbrocken prasselten herunter. Emilia lehnte sich nach hinten. Mit einer Hand hielt sie die Zügel, die andere streckte sie nach vorne, um die Balance zu halten. Die Hufe der Stute fanden auf dem nassen Kalkstein kaum Halt. Sie glitt aus, fiel hin und rutschte ein Stück auf der Seite. Emilia gelang es gerade noch rechtzeitig, ihr Bein wegzuziehen. Sie klammerte sich verzweifelt an den Sattel, einen Moment voller Angst, dass sie ihr Pferd nicht mehr unter Kontrolle hatte und dass sie beide mit gebrochenen Knochen am Fuß des Abhanges ankommen würden. Dann aber kam Alida wieder auf die Beine und sprang geschickt über die tiefen Felsspalten des Hanges. Abermals glitten ihre Hinterhufe weg, aber sie brachte ihre letzten Kräfte auf, sodass die Muskeln an ihren Hinterläufen erzitterten.

Schließlich erreichte sie mit einem eleganten Satz die Talsohle und trabte in den Wald.

Emilia sah zurück. Oben auf dem Berg stand Coldham auf seinem steifbeinigen Pferd, das sich mit aller Kraft dagegen sträubte, Alida den steilen Berg hinab zu folgen. So sehr Coldham es auch peitschte und ihm seine Sporen in die blutigen Flanken bohrte – das Pferd rührte sich nicht vom Fleck. Emilia lachte und winkte fröhlich mit ihrer Kappe. Dann verschwand sie zwischen den Bäumen.

Ihr war klar, dass sie nicht allzu viel Zeit gewonnen hatte. Es konnte nicht lange dauern, bis sie einen anderen Weg ins Tal fanden und nach ihr suchten. Daher rutschte Emilia von Alidas Rücken, nahm sie am Zügel und lief neben ihr her, damit die erschöpfte Stute nicht noch ihr Gewicht tragen musste. Zusammen rannten sie nun durch den Wald und achteten darauf, nicht auf feuchten Boden zu treten, wo man ihre Fußabdrücke sehen konnte.

Das letzte Mal war Emilia bei Dunkelheit und im Nebel zum Herrenhaus geritten. Nun wusste sie nicht genau, wie sie dorthin kommen sollte. Allerdings hatte sie schon früh ein Gespür für Richtungen und Entfernungen entwickelt und konnte sich beinahe unbewusst Landmarken merken. Die Zigeuner mussten ja darauf achten, sich nicht zu verirren. Im Laufen erinnerte sie sich an die Wegstrecke und wusste, welche Richtung sie einschlagen musste. Es dauerte nicht lange, bis sie die Straße erreichten. Emilia erkannte die hohen Eisengitter wieder.

Ihr Herz klopfte und ihr Atem ging heftig und stoßweise. Sie konnte sich nicht erinnern, wann sie je so müde gewesen war. Auch Alida war erschöpft. Ihr Kopf hing herab und ihr Fell war von Schmutz und Schweiß verklebt. Emilia brauchte einen Moment, bis sie wieder bei Atem war, dann sah sie die Straße hinauf und hinunter, bevor sie es wagte, aus dem Schutz der Bäume herauszutreten.

Emilia konnte froh sein, dass die Straße so schrecklich

kaputt und von Hufabdrücken und Wagenspuren übersät war. Niemand, der ihnen folgte, konnte erkennen, welche zu ihr und Alida gehörten. In aller Eile lief sie die Straße entlang. Ihr Herz schlug so schnell, dass ihre Rippen schmerzten. Dann verließen sie dankbar die Hauptstraße und bogen in die Seitenstraße ab. Sie erreichten das kleine Tor, durch das sie die Nacht zuvor hineingelassen worden waren. Die Pforte war verschlossen.

Für einen Moment wurde Emilia von Panik ergriffen. Sie war so unendlich müde, verängstigt und voller Sorge, dass sie nicht wusste, was sie tun sollte. Es war heller Tag. Jeden Augenblick konnte jemand die Straße entlangkommen und sich fragen, was ein zerlumptes Zigeunermädchen, das vor dem Haus von Lord Berkely herumlungerte, wohl im Schilde führen mochte. Emilia holte tief Luft und rieb ihr Amulett zwischen den Fingern – was sie immer beruhigte.

Dann sah sie sich um. Am Ende der schmalen Straße stand eine kleine Baumgruppe. Sie grenzte an ein Feld, durch das ein gluckernder Bach floss. Emilia führte Alida durch ein Gatter auf das Feld und ließ ihre Stute am Bach trinken. Sie stillte ihren eigenen Durst, dann wusch sie sich die Hände und das Gesicht. Danach fühlte sie sich bedeutend besser und brachte Alida in den Schatten der Bäume. Sie nahm ihr den Sattel und das Zaumzeug ab und versteckte beides im Gebüsch. Mit einem Bündel Gras rieb sie die Stute gut ab. Sie fühlte dabei, wie sich Alida unter den langsamen, regelmäßigen Bewegungen entspannte. Das nervöse Zucken ihres Fells ließ schnell nach. Sie senkte den Kopf und begann, Gras zu fressen. Emilia zog ihren Mantel aus – besser gesagt: Sebastiens Mantel – und legte ihn über das Pferd, denn der Wind blies jetzt heftig.

Emilia ließ ihre Stute grasen, legte sich auf den Bauch ins Gras und sah auf die Straße. Einige Karren kamen vorbeigeklappert und ein Junge ging mit einer Schweineherde vorbei. Er brachte die Tiere in den Wald, damit sie nach Eicheln wühlen konnten. Ein paar Minuten später kam eine Gruppe von Gentlemen vorbeigeritten. Sie hatten die Augenbrauen zusammengezogen und schwiegen. Dann kam eine Kutsche, die von einem Mann gefahren wurde, den Emilia beim Rennen gesehen hatte. In der Kutsche saßen vier weitere Männer. Sie diskutierten miteinander und schienen mit ihrer morgendlichen Beschäftigung höchst unzufrieden zu sein. Dann kam eine Gruppe Bauern vorbei, die Emilia ebenfalls von dem Rennen wiedererkannte. Sie unterhielten sich angeregt, aber in gedämpftem Ton. Emilia nahm an, dass sie darüber sprachen, wie die Soldaten das Pferderennen aufgelöst hatten. Emilia war zu weit entfernt, um hören zu können, was sie sagten. Aber an ihren Gesichtern konnte sie erkennen, dass sie froh waren, ohne Schwierigkeiten aus der Sache herausgekommen zu sein.

Dann blieb die Straße eine Weile leer. Von Coldham oder seinen Soldaten war nichts zu sehen. Emilia wusste nicht, was sie jetzt tun sollte. Sie wollte nicht riskieren, gesehen zu werden, aber sie konnte sich ja nicht ewig in diesem Wäldchen verstecken. Außerdem hatte sie wahnsinnigen Hunger. Sie stand auf, klopfte ihre Kleider ab und gab Alida einen beruhigenden Klaps, bevor sie noch einmal zu der Pforte hinunterlief, um es erneut zu versuchen. Sie war immer noch abgeschlossen.

Emilia kletterte, nach einem schnellen Blick auf die Straße, an der Mauer hoch, setzte sich kurz auf die Mauerkrone und sah in den Hof hinab. Alles war still. Offenbar waren die meisten Nebengebäude und Stallungen leer. Emilia vermutete, dass Lord Berkely, wie so viele andere, bei den Plünderungen während des Bürgerkriegs wahrscheinlich einen großen Teil seines Viehbestands eingebüßt hatte. Emilia schwang sich über die Mauerkrone hinab in den Hof und lief zu dem Stall, in dem sie Luka und Sebastien zurückgelassen hatte.

Die Tür war nur angelehnt. Vorsichtig öffnete Emilia sie und trat ins Innere. Es war niemand da. Emilia durchfuhr es eiskalt. Voller Panik sah sie sich um. Wo waren Luka und Sebastien, Sweetheart, Rollo und Zizi? Wo konnten sie stecken?

Staubpartikel schwebten im Licht des Sonnenstrahls, der durch die Tür einfiel. In einer Ecke lag ein Berg Stroh. Emilia stieß versuchsweise mit dem Fuß dagegen. Dabei entdeckte sie etwas, was ziemlich sicher die Hinterlassenschaft eines Bären war. Das erleichterte sie, denn das bewies, dass Sweetheart auf jeden Fall hier gewesen war. Sie schob das Stroh wieder zurück und begann zu suchen, ob es einen Hinweis darauf gab, wohin Luka gegangen sein mochte. Hinter der Tür stieß sie auf zwei Strohhalme, die in der Form eines Kreuzes übereinandergelegt waren. Sie untersuchte sie nachdenklich, doch dann hörte sie, dass sich Stimmen näherten.

Voller Panik sah Emilia sich um. Abgesehen von dem Strohhaufen, gab es nichts, wo sie sich hätte verstecken können. Allerdings hatte sie nicht gerade Lust, sich in den Bärendreck zu kauern. Sie blickte zur Decke und sah, dass ein dicker Querbalken von einer Seite des Stalls zur anderen lief. Er befand sich ziemlich hoch über dem Boden, aber Emilia gelang es, an der Rückseite der Tür emporzuklettern, wobei sie die Klinke als Fußraste benutzte. Sie reckte sich zu einem großen Haken, der von dem Balken herabhing und schwang sich eilig daran hinauf. Sie legte sich genau in dem Moment flach auf den Balken, als unten die Tür geöffnet wurde und Coldham eintrat.

Der Haken schwang noch hin und her. Geistesabwesend hielt Coldham ihn an, damit er ihm nicht gegen den Kopf schlug. Dann blieb er stehen und sah sich um.

»Wie Sie sehen können, ist niemand hier«, sagte eine aristokratische Stimme in genervtem Tonfall. »Diese Ställe werden seit Monaten nicht mehr benutzt. Ich weise diese unberechtigten Anschuldigungen, dass ich, Lord Berkely of ›The Durdans‹, Herumtreiber und Kriminelle beherbergen soll, auf das Entschiedenste zurück.«

Ein hochgewachsener, hagerer älterer Edelmann betrat hinter Coldham den Stall. Er hatte ein bleiches, gepudertes Gesicht, den Kopf voller dicker schwarzer Locken, die ihm bis auf die Schultern hingen, und einen sehr feinen Mantel aus dunkelrotem Samt. Er stützte sich leicht auf einen Stock aus Ebenholz mit Silberknauf. Und in der linken Hand trug er eine silberne Schnupftabaksdose. Mit einer geschickten Bewegung seines Daumens öffnete er die Dose, schüttelte die wertvolle Spitze, die aus seinem Ärmel hervorschaute, zurück, nahm eine Prise Schnupftabak, hielt sie an seine Nasenlöcher und atmete sie vornehm ein.

Coldham achtete nicht auf ihn. Er sah sich mit zusammengekniffenen Augen im Stall um. Emilia umklammerte den Querbalken mit ihren feuchten Händen und betete, dass niemand hinaufsehen möge.

Hinter Lord Berkely standen ein untersetzter, krummbeiniger Mann mittleren Alters, der in braune Wolle und Leder gekleidet war, und ein äußerst aufrecht stehender Hochnäsiger ganz in Schwarz. Er sah aus, als könne er Sweethearts Mist riechen. Außerdem waren noch einige Rundköpfe in ihren typischen Uniformen dabei. Sie stocherten mit ihren Lanzen im Stroh herum.

»Es würde mich wirklich interessieren, Sir, wer eine solche Anklage gegen mich erhebt«, sagte Lord Berkely kühl. »Sie entbehrt jeglicher Grundlage und ist eine Verleumdung. Ich werde mich bei Eurem Vorgesetzten beschweren.«

»Unsere Quellen sind immer zuverlässig«, antwortete Coldham mit seiner rauen, unangenehmen Stimme. »Wir wissen, dass die dreckigen Zigeuner hier gewesen sind. Wir wollen nur wissen, wo sie jetzt sind. Und Ihr solltet es uns lieber verraten, sonst wird es Euer Schaden sein.«

»Mein geschätzter Herr, wenn ich nur einen Schimmer hätte, wo sich diese Zigeuner aufhalten könnten, würde ich es Euch natürlich sagen. *Ich* lege nämlich keinen Wert darauf, mir mein Silber stehlen zu lassen. Dank Eurer verdammten Royalisten-Steuer ist ohnehin wenig davon übriggeblieben. Ich kann Euch versichern, dass ich nichts von irgendwelchen Zigeunern weiß, das heißt, abgesehen von diesen Pferdehändlern in den Downs. Und mit denen habt Ihr ja bereits Bekanntschaft gemacht, wie ich weiß.«

Coldham blickte verärgert drein. »Wir wissen, was Ihr vorhabt«, sagte er. »Denkt nicht, Ihr könntet uns hinters Licht führen.«

Lord Berkely hob eine perfekt geformte Augenbraue. »Mein geschätzter Freund, ich habe nicht die geringste Absicht, Euch … ähem … hinters Licht zu führen, wie Ihr so schön gesagt habt. Ich bin nichts weiter als ein armer Landadeliger, der seinen täglichen Geschäften nachgeht. Ich sehne mich nach nichts anderem als nach Ruhe und Frieden.«

»Wir wissen durchaus von Euren Gästen«, antwortete Coldham.

»Aber natürlich wisst Ihr von ihnen. Sie waren heute Morgen mit mir oben in den Hügeln, als Ihr es für angebracht hieltet, mich zu ergreifen und mich auf so höchst unanständige Weise zu bedrohen. Genau wie ich ist Mr Butler ein Pferdefreund und wollte sich ansehen, was für Tiere die Pferdehändler zum Kauf anbieten. Wenn wir nur die geringste Ahnung gehabt hätten, dass ein illegales Pferderennen stattfinden würde, hätten wir uns der Veranstaltung noch nicht einmal genähert. Aber woher hätten wir das wissen sollen?«

Emilia hörte sehr genau zu, und sie hatte das Gefühl, dass Lord Berkely ganz kurz gezögert hatte, bevor er den Namen seines Gastes genannt hatte. Sie fragte sich, ob Mr Butler vielleicht der schwarzhaarige Mann im grünen Samt war, mit dem Tom Whitehorse gesprochen hatte. Wenn er es gewesen war, dann hatte Tom »Mylord« zu ihm gesagt, während sein Gastgeber ihn jetzt »Mister« nannte. All das war äußerst merkwürdig und verwirrend.

»Gebt acht, dass Ihr Euch nicht die Finger schmutzig macht, Eure Lordschaft«, sagte Coldham drohend. »Und denkt daran, dass wir Euch im Auge haben.«

Lord Berkely setzte eine gelangweilte Miene auf. »Ja, ja«, sagte er. »Wir wissen, dass Ihr Rundköpfe jeden, der sein Haar nicht schneidet, im Verdacht habt, den Sturz des Lord Protectors zu planen. Ich bin ein alter Mann und ziehe die Mode meiner Jugend diesem modernen Wahnsinn vor, nichts anderes als Schwarz zu tragen und mir den Schädel kahl zu rasieren. Soviel ich weiß, ist es aber noch nicht möglich, einen Mann wegen langer Haare zu verhaften. Und nun – wenn Ihr nichts dagegen habt – muss ich mich wieder um meine Gäste kümmern. Hudson, bitte führen Sie diese Herrn hinaus.«

Sogleich trat der Diener vor. Er nickte kurz mit dem Kopf und deutete zur Tür. Coldham blieb noch einen Moment stehen und blickte finster, dann drehte er sich auf dem Absatz um und marschierte, gefolgt von seinen Soldaten, hinaus.

Einen Moment herrschte Stille. Dann sagte Lord Berkely mit gänzlich veränderter Stimme: »Matthew, der Herzog ist hier nicht mehr sicher. Wir müssen ihn wegschaffen. Bitte mach meine Kutsche fertig, sobald diese verdammten Rundköpfe abgezogen sind. Ich kenne ein sicheres Haus in Salisbury. Dort werden wir ihn hinbringen und versuchen, ihm eine sichere Überfahrt zurück nach Frankreich zu verschaffen.«

»Ja, Eure Lordschaft«, antwortete Matthew. »Ihr könnt auf mich zählen, Eure Lordschaft.«

»Ich weiß, alter Freund«, antwortete Lord Berkely. Seine alte Hand umfasste fest den Silberknauf seines Spazierstocks. »Wie es zu so etwas nur kommen konnte!«, platzte er heraus. »Der Herzog von Ormonde wird gezwungen, inkognito zu reisen, wie ein gemeiner Krimineller. Er wird von einem Ort zum anderen gejagt von den Spießgesellen dieses widerlichen Coldham. Wie tief ist die Welt gesunken?«

»Psst, Eure Lordschaft«, warnte Matthew. »Erregt Euch nicht! Alles wird gut. Wir werden den Herzog unbeschadet in Sicherheit bringen, macht Euch keine Sorgen.«

»Zumindest kann er zum König zurückkehren und ihm sagen, dass es in England noch Männer gibt, die treu und ergeben sind, bereit, sich zu erheben und für ihn zu sterben.« Lord Berkelys Stimme zitterte vor Ergriffenheit.

Matthew sah beunruhigt drein, aber er nickte und sagte: »Ja, Eure Lordschaft. Aber sagt nicht solche Dinge, wo Euch jeder hören kann. Ich weiß nicht, was in Euch gefahren ist, dass Ihr den Herzog zum Pferderennen mitgenommen habt. Was wäre gewesen, wenn man ihn gefangen genommen hätte?«

»Es war ein Risiko, das wir eingehen mussten«, antwortete Lord Berkely. »Wie sonst hätte er Menschen treffen und sprechen können, die so empfinden wie wir? Es wäre weitaus gefährlicher gewesen, sie hierher einzuladen. Du weißt doch, dass es überall Spione gibt.«

»Ja, Eure Lordschaft, das weiß ich. Und das ist der Grund, warum wir unsere Zunge hüten müssen. Ich werde mich nun vergewissern, dass dieser Rundkopf-Schurke abgezogen ist, und Ihr sagt dem Herzog, was wir vorhaben.«

Lord Berkely nickte und wollte gehen. Dann, nach kurzem Nachdenken, drehte er sich noch einmal um.

»Was ist mit diesen Zigeunerkindern, hinter denen

Coldham her war? Die sind doch nicht hier gewesen, oder?«

Matthew zog die Augenbrauen zusammen. »Ich kann es Euch nicht sagen, Eure Lordschaft. Ich habe sie nicht gesehen. Aber irgendetwas in diesem Stall hier stinkt zum Himmel. Und das ist kein reiner Pferdemist. So viel ist sicher. Wenn Coldham nicht so ein Dummkopf wäre, wäre er von selbst darauf gekommen. Und einer meiner Stallburschen ist auch verschwunden. Dabei sieht es Dicky gar nicht ähnlich, sich ohne Erlaubnis davonzumachen.«

»Fürchtest du etwa, die Zigeuner könnten ihn verschleppt haben?«, rief Lord Berkely aus.

»Ich denke eher, dass er ihnen hilft, sich zu verstecken«, antwortete Matthew. »Ich habe ihn gestern Abend mit einem Zigeunerburschen unten im ›King's Head‹ gesehen. Er hat mir auch von dem Rennen heute erzählt.«

»Verstehe«, sagte Lord Berkely. »Dann könnten sie also durchaus hier gewesen sein?«

Matthew nickte. »Auch wenn sie jetzt wieder weg sind. Gott sei Dank!«

»Was für ein Glück!«, rief Lord Berkely aus. »Stell dir nur vor, wenn Coldham sie hier gefunden hätte! Er hätte eine Durchsuchung des ganzen Gebäudes anordnen können. Stell dir nur vor, wenn er das Gepäck der herzöglichen Lordschaft durchwühlt hätte! Oder meine geheimen Papiere gefunden! Allein der Gedanke daran macht mich krank.«

»Ihr solltet Eure Papiere besser verbrennen, Eure Lordschaft«, sagte Matthew rundheraus. »Ihr habt gehört, was Coldham gesagt hat: Sie werden diesen Ort im Auge behalten. Es ist besser, kein Risiko einzugehen.«

»Du hast recht«, antwortete Lord Berkely. »Das werde ich gleich tun.« Er machte ein paar unentschlossene Schritte Richtung Tür, dann drehte er sich um und sagte nachdenklich: »Ich frage mich, was diese Kinder getan haben, dass dieser Häscher ihnen auf den Fersen ist.«

»Nichts Gutes, so viel kann ich Euch versichern, Eure Lordschaft«, antwortete Matthew. »Aber macht Euch wegen denen nun keine Sorgen mehr. Sie sind längst weg. Mit Dicky werde ich allerdings ein Hühnchen rupfen, wenn er wieder auftaucht. Uns in solche Gefahr zu bringen!«

Seine Worte verklangen, während er dem Lord aus dem Stall auf den leeren Hof hinaus folgte. Emilia, die sich noch immer an den Querbalken klammerte, löste eine Hand und fühlte nach ihrer goldenen Münze. Offenbar war Luka und Sebastien die Flucht tatsächlich gelungen. Sie fragte sich, wie sie wohl davongekommen waren, am helllichten Tage, ohne gesehen zu werden, wo Sebastien nichts weiter als eine Decke trug und sie einen Hund, einen Affen und einen Bären bei sich hatten. Das war kein Glück. Das war die reinste Magie!

Die zerstörte Kirche

Luka hielt es weder für Glück noch Magie, dass ihnen die Flucht gelungen war. Für ihn hatte es einzig und allein an seinem schnellen Denken gelegen.

Dicky hatte gesehen, wie sein Herr beim Pferderennen von den Rundköpfen verhört und dann zum Herrenhaus eskortiert worden war. Er war daraufhin querfeldein zurückgelaufen und war außer Atem nur ein paar Minuten vor Coldham und seinen Leuten eingetroffen. Nachdem Dicky stammelnderweise erzählt hatte, was passiert war, war Luka aufgesprungen und hatte all ihre Habseligkeiten in ihren Beutel geworfen. Sweetheart hatte geschlafen und musste geweckt werden, bevor sie sich schließlich – brummend und murrend – aufrappelte und bereit war, ihm zu folgen.

»Wenn wir durch die Seitenpforte gehen, werden sie uns sehen«, sagte Luka, und sein Hirn arbeitete fieberhaft. »Gibt es einen anderen Weg hinaus?«

Dicky zuckte die Schultern. »Außer dem Haupttor?

Die Pforte am Küchengarten, würde ich sagen, durch die die Händler ihre Waren liefern und durch die der Abfall zur Grube gebracht wird …«

»Der Abfall? Wer kümmert sich um den? Und wie?«

»Er wird auf einen Karren geworfen«, antwortete Dicky verständnislos. »Und wenn Martha, die Köchin, den Gestank nicht mehr aushält, muss ihn ein Küchenjunge ein Stück die Straße hinunter zur Kalkgrube bringen. Dort werfen sie den Dreck hinein. Alle Leute machen das so.«

»Gibt es gerade Abfall, der weggebracht werden muss?«, wollte Luka wissen.

»Wahrscheinlich schon«, antwortete Dicky. »Weil ihn niemand gern wegfährt. Er stinkt zum Himmel. Manchmal nimmt ihn auch der Lumpensammler mit. Aber allzu oft kommt der auch nicht. Nur …«

»So kommen wir hier heraus!«, fiel Luka ihm ins Wort. »Wir verstecken uns im Karren und du fährst ihn zur Pforte hinaus. Niemand wird etwas mitbekommen!«

»Ich? Ich soll den Abfallkarren wegfahren?«, rief Dicky aus und rümpfte seine mit Sommersprossen gesprenkelte Nase.

»Ich? Ich soll mich in einem Abfallkarren verstecken?«, rief Sebastien wie ein Echo.

»Ja. Das ist doch perfekt! Wie sollen wir Sweetheart denn sonst tarnen? Sie ist so groß, dass man sie nirgendwo verstecken kann. Und sobald jemand sie sieht, wird es Gerede geben, meint ihr etwa nicht?«

»Aber wir werden stinken«, sagte Sebastien.

»Besser, als verhaftet zu werden«, antwortete Luka.

»Also, mich will dieser Coldham ja nicht fangen«, sagte Sebastien. »Ich weiß nicht, warum ich mich in einem Abfallkarren verstecken soll.«

»Warum meinst du, er würde dich nicht ins Gefängnis werfen?«, fragte Luka. »Er hat sogar meine kleine Schwester eingesperrt, und die ist erst neun. Außerdem, willst du dich wirklich von ihm aufstöbern lassen, mit nichts als einer miefigen alten Decke bekleidet?«

Das war das schlagende Argument. In seine Decke gehüllt, war Sebastien bereit zu tun, was Luka befahl. Nachdem er sich von Dicky hatte sagen lassen, wo sie sich anschließend verstecken könnten, legte Luka schnell zwei Strohhalme zu einer geheimen Nachricht für Emilia zusammen. Dann schickte er den Stallburschen hinaus, um die Seitenpforte abzusperren, damit sie nicht von den Soldaten überrascht werden konnten.

Danach eilten die drei Jungen durch eine Reihe von Höfen und verfallenen Nebengebäuden, bis sie zur Rückseite des Hauses kamen, wo der Küchengarten in ordentlichen Beeten und Pflanzreihen angelegt war. Die Luft summte von Bienen und es roch lieblich nach sonnengewärmtem Thymian und Rosmarin. Sebastien hielt seine Decke um sich geschlungen und kauerte sich mit Sweetheart, die sich ausgesprochen launisch gab, hinter ein Gewächshaus. Die anderen liefen als Kundschafter voraus. Zizi ritt wie immer auf Lukas Schultern und Rollo war dicht hinter ihnen. Der Abfallkarren stand hinter einem alten Schuppen. Eine Ansammlung von dreckigen Lumpen, zerbrochenem Porzellan, ausgelatschten Schuhen, stinkenden Suppenknochen, Asche und anderem Kehricht häufte sich auf ihm. Es war nicht ganz so schlimm, wie Luka befürchtet hatte, da sich Hunde und Hühner die meisten Essensreste geholt hatten und die Gemüseschalen und Teeblätter auf dem nahegelegenen Kompost lagen. Zusammen mit Dicky lud er einen Großteil des Unrats ab, bevor der Bursche das kleine stämmige Pony holen ging, das üblicherweise den Karren zog.

Luka pfiff nach Sebastien und dem Bären. Sebastien kam aber nicht. Da Luka von Ferne das Geschrei der Soldaten hören konnte, die die Gegend abzusuchen begannen, wurde ihm ziemlich bange. Er rannte zurück und hoffte inständig, dass Sebastien nicht gefangen genommen worden war. Dann aber sah er, dass Sweetheart gerade dabei war, einen Bienenkorb zu plündern, während Sebastien wütend an ihrer Kette zog. Er hatte eine böse rote Schwellung auf der Wange und eine weitere am Ohr.

»Sweetheart!«, brüllte Luka und griff nach der Kette.

Widerwillig ließ die Bärin sich wegziehen. Ihre Pfoten und ihr Maul klebten vor Honig. Und die Bienen flogen wild summend hinterher. Sebastien zog sich seine Decke über den Kopf, um sein Gesicht zu schützen. Aber nun wurde er ins Hinterteil gestochen. Er gab sich größte Mühe, vor Schmerz nicht laut aufzuheulen.

Während Dicky das Pony anspannte, zerrte Luka die widerwillige Bärin auf den Karren hinauf. Sebastien versuchte, sie von hinten zu schieben. Dann hielten die beiden Jungen den Atem an. Sie quetschten sich neben die Bärin in den Karren und Dicky schaufelte in aller Eile Abfall auf sie. Zizi lehnte es entschieden ab, mit Unrat überhäuft zu werden. Daher setzte Dicky sie neben seine Füße und deckte sie mit seiner Jacke zu. Immer wieder aber hob sie einen Zipfel der Jacke hoch, sah hervor und schnatterte in Affensprache. Und Dicky musste sie jedes Mal wieder zudecken. Niemand hielt ihn auf, als er die Pforte öffnete und den Karren hinausfuhr, während Rollo hinter ihm hersprang. Im Gegenteil – um die Küche und die Nebengebäude herum war alles ungewöhnlich still, obwohl aus den Ställen Geschrei zu hören war.

»Sie wissen genau, wo sie suchen müssen«, flüsterte Luka Sebastien zu. »Jemand muss ihnen gesagt haben, wo wir waren.«

»Sie werden Emilia geschnappt haben«, flüsterte Sebastien zurück.

Verzweifelt antwortete Luka: »Emilia hätte ihnen niemals gesagt, wo wir sind. Nein, es muss jemand anderes gewesen sein. Ein Verräter. Ich wette, es war Tom Whitehorse. Ich habe ihn gestern Abend gesehen. Er muss uns nach ›The Durdans‹ gefolgt sein.«

»Wer?«

Sebastien klang ein wenig schwach. Der Gestank war überwältigend und der Karren holperte auf der unebenen Straße ganz fürchterlich hin und her.

»Dieser Junge, den ich von zu Hause kenne. Sein Vater ist dort der Gutsherr und er hält sich für etwas Besonderes. Er hat richtige Allüren. Zum Beispiel trägt er lange Locken und einen großen Federhut, wie ein Franzose.«

»Ach, der? Den habe ich gestern Abend im Gasthaus gesehen.«

»Tatsächlich? Na also, das beweist es doch! Er muss es gewesen sein. Niemand anderes wusste, wo wir waren.«

Ein Geräusch kam aus Sebastiens Kehle. Es konnte ein Laut der Zustimmung sein oder auch ein Anzeichen von Übelkeit. Luka, dem ebenfalls ein wenig schlecht war, schwieg. Er dachte über Tom Whitehorses Niedertracht nach und machte sich Sorgen um Emilia. Er hoffte, dass sie nicht geschnappt worden war und dass sie das Wegzeichen, das *Patrin* fand, das er hinter der Tür hinterlassen hatte. Und dass sie es zu deuten wusste.

Nach zehn Minuten Geholpere blieb der Karren endlich stehen. Den Jungen war es ziemlich schlecht. Dicky schob den Abfall beiseite, sodass Luka und Sebastien endlich wieder atmen konnten. Die beiden Jungen wühlten sich hervor. Rollo sprang um sie herum und bellte glücklich.

Sie befanden sich auf einem Friedhof. Daneben stand eine kleine Kirche mit einem schmalen Kirchturm. Dicky hatte den Karren hinter eine alte Eibe gezogen. Die Grabsteine waren halb überwuchert von Gras und Unkraut. Luka konnte erkennen, dass einige Kirchenfenster kein Glas mehr hatten. Schnell führte Dicky sie in die Kirche hinein, wobei er sich immer wieder ängstlich umsah. Drinnen war es kalt, dunkel und feucht. Die Kirchenbänke waren dick mit Staub und Spinnweben bedeckt und in einem Haufen alter Blätter lag ein toter Vogel auf dem Altar. Hier und dort standen Heiligenstatuen mit eingeschlagenen Gesichtern, die ihre abgeschlagenen Arme in die Dunkelheit reckten.

»Sie haben den Pfarrer davongejagt«, erklärte Dicky knapp. »Sie meinten, er würde der Katholischen Kirche zu nahe stehen. Er wollte sie daran hindern, die bunten Scheiben einzuwerfen und die Statuen zu zerstören. Wenn er still gehalten und danach ein wenig aufgeräumt hätte, dann hätten sie ihn vielleicht verschont. Aber er hat gegen sie gepredigt und darum haben sie ihn davongejagt. Seitdem ist hier alles kaputt und verkommt immer mehr.«

Luka sah sich bedrückt um. Obwohl er sich nicht allzu viel aus der Kirche machte, waren er und seine Familie immer zum Gottesdienst gegangen, um dem alten Gutsherren eine Freude zu machen. Normalerweise langweilte sich Luka bei der Predigt ziemlich, trotzdem hatte es ihm immer gefallen, das Sonnenlicht durch die bunten Scheiben einfallen zu sehen, die bekannten Geschichten zu hören und die Lieder zu singen. Diese alte, zerstörte Kirche war unheimlich, aber, wie er zugeben musste, ein ausgezeichnetes Versteck.

»Nur Gutes für dich, Dicky«, sagte er. »Mögen deine Kleider sich abnutzen und zerfallen, mögest du aber stets in Gesundheit und Erfüllung leben!«

»Danke … wird schon irgendwie«, antwortete Dicky.

Sebastian klopfte ihm auf die Schulter.

»Das ist ein alter Segensspruch der Zigeuner, du Dummkopf. Freude und Kummer liegen bei den Roma eng beieinander.«

Dicky hatte im Abfall ein paar alte Kleider gefunden, die er Sebastien gab, denn in der Kirche war es kalt. Nun machte sich der Stallbursche auf den Weg zum Herrenhaus. Er wollte zurück sein, bevor jemand merkte, dass er fort war.

»Ich habe Hunger«, sagte Sebastien, während er sich rasch anzog.

»Ich auch«, antwortete Luka und hielt sich mit den Händen den Bauch, während er in der Kirche umherging. An den Mauern entlang lagen rote, blaue und bernsteinfarbene Glasscherbenhaufen. Schnell machte Luka einen Schritt zurück, um sich nicht die nackten Füße zu zerschneiden.

In den Wänden befanden sich zahlreiche leere Nischen. Luka fragte sich, was in ihnen wohl einmal gestanden haben mochte. Waren die Gegenstände gestohlen worden oder hatte man sie in Sicherheit gebracht? Es war nicht zu erkennen. Da die Kirche nur klein war und aus dem groben Stein der Gegend gebaut, konnte sie niemals prunkvoll gewesen sein, überlegte er. Über der Kanzel war ein Teil des Daches eingestürzt, sodass Licht einfiel und die Bronzetafeln beleuchtete, die offenbar alte Grabplatten waren.

Zizi, die auch den ganzen Tag im Stall hatte verbringen müssen, war froh, sich endlich wieder bewegen zu können. Sie sprang durch das ganze Kirchenschiff, hüpfte über die Bänke und den Altar und kletterte auf der Kanzel herum. Im Glockenturm brachte sie die alten Glocken zum Klingen, sodass Luka sie streng zu sich rief. Erschreckt von dem Laut, den sie ohne Absicht erzeugt hatte, flüchtete Zizi auf Lukas Schulter, hielt sich an seinem Ohr fest und legte ihren Schwanz so eng um seinen Hals, dass sie ihn fast würgte. Luka beruhigte und streichelte sie. Er versuchte, ihren Schwanz zu lockern, aber sie wollte nicht mehr von seiner Schulter herunter. Rollo war erschöpft vom Laufen und froh, sich ablegen zu können, während Sweetheart sich zufrieden hinsetzte und die letzten Honigreste von ihren Pfoten schleckte.

Sebastien fühlte sich ausgesprochen elend und hatte Mitleid mit sich selbst. Er konnte nicht sitzen und seine Wange war geschwollen und flammend rot. Er wischte eine Bank sauber, legte sich auf den Bauch und malte verdrossen mit einem alten Stöckchen im Staub herum.

»Wie lange werden wir wohl warten müssen?«, wollte er von Luka wissen.

»Ich weiß es nicht. Wahrscheinlich bis zur Dunkelheit.«

»Bis zur Dunkelheit? Aber mir ist kalt! Und ich sterbe vor Hunger. Und mein Vater wird schrecklich böse sein.«

»Er wäre noch wütender, wenn du im Gefängnis säßest«, antwortete Luka.

Langsam nahm das Licht, das durch das eingefallene Dach hereinschien, eine orange Farbe an, dann verblasste es zu violett.

Zwischendurch sagte Luka einmal: »Hoffentlich ist mit Emilia alles in Ordnung.«

Dann meinte Sebastien: »Mein Vater wird mich umbringen.«

Ansonsten unterhielten sie sich kaum. Und als die Kirche in Dunkelheit versank, wurden sie noch schweigsamer als zuvor. Die einzigen Geräusche waren der Wind, der in den toten Blättern raschelte, und ein Knirschen tief in den verfallenden Mauern, das den beiden Jungen an den Nerven nagte.

Plötzlich war aus dem Glockenturm das Schlagen lederner Flügel zu hören. Tausende Fledermäuse erhoben sich in die Lüfte und flatterten durch die Kirche. Die Jungen schrien auf vor Schreck und Rollo bellte laut. Schließlich waren alle Fledermäuse durch die zerbrochenen Fensterscheiben in die Nacht hinausgeflogen. Die Jungen beruhigten sich wieder, auch wenn ihre Herzen noch kräftig schlugen. Sie sahen einander an und schämten sich für ihre Furcht.

»Ihr habt Glück, dass ich kein Wachmann bin«, erschallte eine Stimme aus der Dunkelheit. »Ich habe euch aus zwei Meilen Entfernung schreien gehört.«

»Emilia!«, rief Luka und sprang auf die Füße.

Seine Cousine kam im Mittelgang der Kirche auf ihn zu. Ihre Stute folgte ihr. Sie erschien im Zwielicht gespenstisch grau. Luka lief ihnen entgegen, um Emilia zu begrüßen. Er drückte sie fest an sich. Rollo wirbelte um sie herum, winselte und versuchte, an Emilia hochzuspringen und ihr das Gesicht abzulecken.

»Gott sei Dank, dass du da bist!«, sagte Luka. »Wir haben schon gedacht, du wärst erwischt worden.«

»Ich dachte, ihr wärt erwischt worden«, entgegnete Emilia und streichelte Rollo liebevoll.

»Dann hast du das Kreuz also gefunden? Ich hatte

Angst, es könnte weggeweht werden. Oder dass du es nicht siehst.«

»Ich habe es gesehen. Allerdings wusste ich nicht, wo die Kirche war. Zum Glück hat sie so einen hohen Kirchturm.«

»Wie lief das Rennen?«, wollte Sebastien wissen.

»Alida hat gewonnen«, antwortete Emilia matt, »und dein Vater hat eine Menge Geld eingenommen. Aber dann ist Coldham mit seinen Soldaten aufgetaucht und wir mussten fliehen.«

»Er wusste also, wo er uns finden würde!«, stellte Luka fest.

»Ja. Und jemand muss ihm gesagt haben, wo ihr euch versteckt hattet.«

»Tom Whitehorse!«, rief Luka wütend aus.

»Tom? Aber woher soll er denn gewusst haben, wo ihr wart?«, fragte Emilia verblüfft.

»Er war gestern Abend im Gasthof. Wir sind uns begegnet, als er sich hinausgestohlen hat. Er muss Sebastien und mir gefolgt sein, als wir zu dem Stall gegangen sind.«

»Aber warum sollte er …« Emilias Stimme verstummte, als ihr plötzlich wieder einfiel, wie Tom sich davongemacht hatte, nachdem er sie gesehen hatte, und wie kurz darauf Coldham und die Soldaten aufgetaucht waren.

Sie erzählte es Luka, und der rief aus: »Siehst du? Er muss es gewesen sein!«

»Aber warum sollte er uns verraten? Wir kennen uns seit Jahren.«

»Wer weiß? Vielleicht um selbst Coldham loszuwerden? Denn er ist ja aus dem Fenster geklettert, nachdem Coldham im Gasthof erschienen ist – wie mir jetzt gerade auffällt.«

»Könnte sein«, sagte Emilia zögerlich. »Er scheint etwas mit den Royalisten auszuhecken. Im Herrenhaus hält sich ein mysteriöser Herzog auf, und alle sind in Panik verfallen, als Coldham auftauchte. Alle hatten Angst, er könnte ihn entdecken. Allerdings hat dieser Herzog sich getarnt: Er hat sich die Haare gefärbt.«

»Woher weißt du das?«, fragte Sebastien ungläubig.

»Sein Haar ist rabenschwarz. Aber seine Augenbrauen sind blond«, antwortete Emilia. »Du weißt doch, wie sorgfältig man sein muss, wenn man einem Pferd das Fell färbt, und dass man auch die Barthaare mitfärben muss. Sonst hat man ein fuchsfarbenes Pferd mit weißen Barthaaren.«

Sebastien grinste und zuckte die Schultern. Er tat so, als hätte er keine Ahnung davon, wie man einem gestohlenen Pferd das Fell färbte.

»Jedenfalls hätte dieser Herzog seine Augenbrauen und Wimpern mitfärben müssen und auch seine Haut ein wenig abtönen. Sie ist nämlich viel zu hell für solch schwarzes Haar. Aber wie auch immer … ich habe aufgeschnappt, was der Lord gesagt hat. Sie müssten diesen Herzog unbedingt wegschaffen, bevor jemand daraufkäme, wer er wirklich sei. Beim Rennen hat Tom mit ihm gesprochen. Warum also sollte Tom hingegangen und Coldham und seine Soldaten geholt haben, wenn er doch weiß, wie wichtig es ist, dass diese Angelegenheit geheim bleibt?«

»Ich habe keine Ahnung«, sagte Luka mit gerunzelter Stirn. »Das alles ist ziemlich verwirrend.«

»Allerdings glaube ich, dass jemand Sebastien und mir vom Lager aus gefolgt ist«, fuhr Emilia fort. »Als er mich zu dir gebracht hat.«

»Aus meiner Familie hat sicher niemand die Wachen gerufen«, warf Sebastien ärgerlich ein. »Warum hätten sie das tun sollen? Damit man uns wieder die Pferde wegnimmt, oder wie?«

»Wohl kaum«, antwortete Emilia, auch wenn sie es in ihrem Innersten für wesentlich wahrscheinlicher hielt, dass jemand aus dem Zigeunerlager sie hintergangen hatte als Tom Whitehorse. Da war doch dieses Mädchen, Nadine, die die ganze Zeit Sebastien angelächelt hatte und ihr Haar hin und her geworfen hatte – ohne dass er das irgendwie zur Kenntnis genommen hatte. Und Cosmo, der ihre geliebte Stute haben wollte. Und die alte Janka, die sich offenbar für nichts anderes interessierte als für ihre eigene Familie und ihr eigenes Wohlergehen. Aber immerhin gehörten sie zu Sebastiens Familie, und sie wollte ihn nicht verletzen, wo er ihnen geholfen hatte.

Sie griff nach den Knöpfen ihres Mantels.

»Danke für die Kleider«, sagte sie ein wenig unsicher.

»Du kannst sie behalten«, sagte er schroff.

Sie nickte, teils dankbar, teils ein wenig beleidigt durch die unterschwellige Botschaft, dass er die Kleider nicht zurückhaben wollte, nachdem Emilia sie getragen hatte.

»Du hast nicht zufällig etwas zu essen?«, fragte Luka.

»Nein, tut mir leid. Ich habe auch wahnsinnigen Hunger.«

»Mein Vater hat dir nicht mal etwas zu essen gegeben?«, rief Sebastien aus.

»Dazu war keine Zeit«, antwortete Emilia. »Bestimmt hätte er es sonst getan. Aber immerhin hat er mir den Glücksbringer gegeben, das silberne Pferd.« Sie hielt Luka ihr Handgelenk hin, auch wenn es zu dunkel war, um wirklich etwas sehen zu können. »Und er hat versprochen, am Monatsende nach Kingston zu kommen, um uns zu helfen, so gut er kann.«

»Oh, das ist wunderbar!«, rief Luka aus.

»Das hat er gesagt? Mein Vater hat das gesagt?«, fragte Sebastien überrascht nach.

»Und Cosmo auch.«

»Mein Onkel auch?«

»Ja.«

»Aber …« Sebastien konnte es offenbar nicht fassen.

»Dafür musste ich ihnen Alida überlassen«, fuhr Emilia mit erstickter Stimme fort. »Allerdings nicht für immer. Nur bis ich ihnen den Glücksbringer zurückgebe, was ich sofort tun werde, wenn Beatrice und Noah und die anderen frei sind.«

»Du hast ihnen Alida überlassen?« Luka sprach sehr leise. Er wusste, wie viel die Stute Emilia bedeutete.

Seine Anteilnahme ließ die Dämme brechen. Von Tränen fast erstickt, konnte Emilia nur nicken. Sie fühlte, wie er in der Dunkelheit ihre Hand ergriff. Sie ließ es geschehen und er drückte sie sanft.

»Aber wozu soll das denn gut sein?«, fragte Sebastien. »In nur einem Monat kann die Stute doch keine Fohlen bekommen.«

»Sie wollen mit ihr an Rennen teilnehmen«, antwortete Emilia. Sie zog die Nase hoch und wischte sich mit dem Ärmel über die Augen. »Und bestimmt werden sie meinen armen Liebling in den nächsten paar Wochen zuschanden reiten. Sie haben schon heute auf sie setzen lassen. Und dein Vater war sehr zufrieden.«

»Das kann ich mir vorstellen«, sagte Sebastien. »Wenn er genug zusammenbekommt, kann er vielleicht die Soldaten am Ort schmieren, damit sie uns ein paar von unseren Pferden zurückgeben. Oder er wird einfach neue kaufen. Anfang September gibt es den großen Pferdemarkt in Horsmonden.«

»Er wird für Horsmonden keine Zeit haben«, sagte Emilia. »Wir haben einen Handel geschlossen. Er muss Ende des Monats nach Kingston kommen. Wenn ich auch nicht genau weiß, wohin. Wir hatten keine Zeit, einen Treffpunkt zu vereinbaren. Wo wäre denn ein guter Ort?«

»Richmond Park liegt in der Nähe von Kingston«, antwortete Sebastien. »Wir schlagen dort oft unser Lager auf, vor allem wo es jetzt keine königlichen Jäger mehr gibt, die uns davonjagen. Am nächsten wäre Gallows Pond, der Galgensee, ganz in der Nähe vom Kingston Gate. Ich denke, es wird dir wohl nicht schwer fallen, diesen Namen zu behalten.«

»Nein.« Emilia überlief ein feiner Schauer. »Gut. Also am Gallows Pond, in der Nähe vom Kingston Gate, am letzten Tag des Monats.«

»Gut. Dann sehen wir uns also dort«, sagte Sebastien. »Viel Glück!«

Emilia rieb die goldene Münze und lächelte.

»Warte!«, rief Luka aber. »Da ist noch etwas. Weißt du etwas über die Familie Wood aus dem New Forest?«

»Nein, tut mir leid«, antwortete Sebastien. »Ich habe seit Jahren nichts mehr über sie gehört. Eine Frau aus der Familie ist wegen Wahrsagerei gehängt worden, glaube ich. In Salisbury. Daran erinnere ich mich noch.«

»Und was ist mit den Smiths?«, fragte Luka.

»Oh ja, die sind in Horsmonden, bei der Kanonenschmiede dort«, antwortete Sebastien. »Wir treffen sie jedes Jahr, wenn wir zum Pferdemarkt gehen. Warum? Wollt ihr zu ihnen?«

Luka nickte. »Ich bin sicher, sie werden uns helfen können. Trotzdem gehen wir erst einmal Richtung New Forest, weil das näher liegt. Dort muss es doch auch jemanden geben, der uns helfen kann.«

»Dann viel Glück also«, sagte Sebastien noch einmal. Er griff nach Alidas Zügel und ging los. Es war nun so dunkel, dass sie ihre Gesichter nicht sehen konnten. Emilia war darüber froh, denn sie musste so sehr weinen, dass sie kaum atmen konnte. Alida sträubte sich und wollte nicht mitkommen. Sie zerrte am Zügel und drehte ihren Kopf nach Emilia um. Das Zigeunermädchen sprang auf und drückte schluchzend ihr Gesicht in Alidas Mähne.

»Sie will nicht mitkommen«, sagte Sebastien. »Emilia, das kommt von deinem Zauberspruch! Der Bann, mit dem du Alida belegt hast. Du musst ihn lösen! Ich habe keine Lust, sonst wie dein Zaubersäckchen in der kalten Erde verbuddelt zu werden.«

Einen Moment lang herrschte gespannte Stille. Emilia hatte Mühe, zu Atem zu kommen, dann sagte sie sehr schroff: »Ich werde den Bann nicht lösen, denn Alida gehört immer noch mir. Ich leihe sie euch, das ist alles. Aber ich werde den Zauber herausschneiden, den ich ihr in die Mähne geflochten habe. Damit sie überhaupt mit dir mitgeht. Macht mir ein bisschen Licht.«

Luka wühlte in seiner Tasche herum, bis er Zunder und Feuerstein gefunden hatte, und zündete die kleine Laterne an, die sie mit einer Schnur an ihrem Bündel befestigt hatten. Ein gelbliches Licht flackerte auf. Es beleuchtete Zizis kleines runzeliges Gesicht über Lukas Schulter und Emilias schmutzige, tränenverschmierte

Wangen und ihre geschwollenen Augen. Emilia wischte mit der Hand die Tränen ab, ärgerlich, dass sie so bloßgestellt war, und zog dann ihr Messer. Ganz vorsichtig ließ sie ihre Finger durch die silberne Mähne der Stute gleiten und fand schließlich den kleinen geflochtenen Zopf aus weißem und schwarzem Haar unter dem Deckhaar versteckt. Sie schnitt ihn vorsichtig ab, während sie ihre Tränen krampfhaft hinunterschluckte, und steckte ihn in ihre Tasche. Dann streichelte sie Alidas weiche Nase.

»Leb wohl, geliebtes Mädchen«, sagte sie. »Es ist nicht für lange. Weniger als einen Monat. Dann komme ich und hole dich. Lass dich nicht von ihnen zu Tode reiten.«

»Wir werden gut auf sie achtgeben«, versprach Sebastien. »Du brauchst keine Angst zu haben. Vergiss nicht, Pferde sind unser Geschäft.«

Emilia nickte. »Sag deinem Vater und deinem Onkel, wenn sie mich hereinlegen wollen, verfluche ich sie bis an das Ende aller Zeiten«, sagte sie mit unbewegter Miene.

»Ich werde es ihnen sagen«, antwortete Sebastien ebenso ernst.

Emilia streichelte Alida noch einmal, dann trat sie zurück und konnte das Schluchzen nicht mehr unterdrücken, das ihren ganzen Körper durchschüttelte.

»Hey, Sebastien«, rief Luka nun. »Erinnerst du dich, dass du versprochen hast, mir Sweetheart abzunehmen?«

Sebastien blickte ihn bestürzt an.

»Dafür bin ich dir sehr dankbar«, fuhr Luka fort. »Ohne sie kommen wir viel schneller voran. Ich übernehme sie wieder, wenn wir uns in Thornton Heath sehen.«

Widerstrebend nahm Sebastien Sweethearts Kette in die andere Hand und zog dann langsam mit der Bärin und der Stute hinaus in die Nacht.

Luka wandte sich zu Emilia und lächelte sie an.

»Auf diese Weise gehen wir sicher, dass er wirklich wie versprochen zum Treffpunkt kommt«, sagte er hoffnungsvoll.

Emilia nickte.

»Ist sonst so weit alles in Ordnung mit dir?«, fragte er.

Emilia zuckte die Schultern.

»Dann komm«, sagte er. »Jetzt sind wir nur noch du und ich und Zizi.«

»Und Rollo«, ergänzte Emilia. Der große Hund wedelte mit dem Schwanz und wirbelte dabei eine Staubwolke auf.

»Und Rollo«, stimmte Luka zu. »Vielleicht kann er uns ja einen Hasen fangen. Ich komme nämlich um vor Hunger.«

»Gestern haben wir geschlemmt und heute darben wir«, sagte Emilia.

»Und morgen wird wieder geschlemmt«, sagte Luka.

»Das hoffe ich.«

»Wir brauchen nur ein bisschen Glück«, antwortete Luka. Dann warf er sich den Beutel über die Schulter. »Oha. Nachdem Alida weg ist, muss ich das nun tragen. Donnerwetter, ist das schwer!«

»Bis zum New Forest ist es ein weiter Weg«, sagte Emilia.

Sie verließen den Friedhof. Wolken flogen über den Himmel. Die geheimnisvollen Geräusche des Windes machten Emilia Angst.

»Ja«, sagte Luka. »Aber je früher wir losgehen, umso früher werden wir dort sein.«

Emilia fasste in der Dunkelheit nach dem kleinen silbernen Pferd, das von ihrem Handgelenk hing und für alle Zeiten durch die Luft galoppierte. Sie hatte ihn teuer erkauft, diesen Glücksbringer. Und es drängte sich ihr der Gedanke auf, welchen Preis sie wohl für das Amulett mit der Weinraute würde bezahlen müssen … wenn sie es überhaupt fanden …

Der wahre Hintergrund der Geschichte

Seit Jahrhunderten werden im Hügelland der North Downs Pferderennen ausgetragen. Bereits James I. (1566–1625) besuchte Pferderennen in der Nähe von Epsom, wenn er sich in seinem Palast in Nonsuch aufhielt. Und sowohl er wie auch sein Sohn Charles I. interessierten sich sehr für die Zucht von Reitpferden.

Während der Zeit des Commonwealth, der Regierungszeit Oliver Cromwells, waren Pferderennen, neben vielen anderen Vergnügungen, verboten. Man weiß von zahlreichen Gelegenheiten, bei denen Soldaten geschickt wurden, um die illegalen Rennveranstaltungen aufzulösen.

Cromwell interessierte sich allerdings ebenso für Pferdezucht wie der König, dem er aufs Schaffott verholfen hatte. Er brachte viele Araberpferde ins Land, die damals *Türken* oder *Barbaren* genannt wurden, und kaufte oder beschlagnahmte eine Menge anderer Pferde, um starke, schnelle Tiere für seine leichte Kavallerie zu züchten.

Edward Hyde, der Earl von Clarendon, beschreibt in seinen berühmten Aufzeichnungen, dass 1658 eine Zusammenkunft von Royalisten in Banstead Downs stattfand, wie Epsom Downs damals hieß. Die Tarnung für dieses Treffen war ein Pferderennen.

Die Sache der Royalisten wurde in England mit aller Macht bekämpft, indem Familien, die man für Royalisten hielt, mit einer Extra-Steuer von zehn Prozent belegt wurden. Das ließ viele alte Familien verarmen. Ebenso wurden zahlreiche Prozesse und Hinrichtungen durchgeführt. Trotzdem gab es immer noch Leute, die die Rückkehr der Monarchie herbeisehnten. Es entwickelte sich eine Reihe von geheimen Widerstandsgruppen. Zu ihnen gehörten der »Sealed Knot« (fester Knoten), der von König Karl II. gebilligt wurde, und eine rivalisierende Gruppe, die Action Party (Aktionsbündnis).

Im Jahr 1658 färbte einer der Anhänger des Königs, James Butler, der Duke of Ormonde, sein berühmtes blondes Haar schwarz und reiste unerkannt durch England. Er wollte Verbündete für einen Putsch mit dem Ziel der Wiedereinsetzung von König Charles II. gewinnen. Es ist ziemlich wahrscheinlich, dass er auch an dem geheimen Treffen in Epsom Downs teilgenommen hat.

EINE BEMERKUNG ZU DEN ZIGEUNER-NAMEN

Englische Roma hatten immer zwei Namen. Jede Familie hatte einen offiziellen Namen, unter dem sie mit den *Gadjes* verkehrte, und einen, den sie nur unter sich verwendete. Die offiziellen Namen klangen recht englisch und waren meistens aus dem Versuch entstanden, die eigenen Namen aus dem Romani, der Roma-Sprache, ins Englische zu übersetzen.

Die Familie Smith zum Beispiel hieß mit eigenem Namen *Petulengro*. In Romani bedeutet *petali* oder *petala* Pferdehuf. Der Anhang *engro* stammt aus dem Sanskrit-Wort *kara,* »machen, herstellen«, sodass man *Petulengro* als Hufmacher übersetzen kann.

Viele andere Familien hatten vornehme Namen gewählt, zum Beispiel Marshall. Die Roma-Forscher glauben, dass die unterschiedlichen Familien bei ihrer Einwanderung nach England möglicherweise den Schutz einflussreicher Familien genossen hatten und sich auf ihren Weiden und in ihren Wäldern aufhalten durften, sodass diese Familien die Namen ihrer Gönner annahmen, um auf diese Weise sozusagen ihre Zugehörigkeit zu erklären.

Die Roma liebten Wortspiele, und daher waren viele Namen entweder ein Spiel mit dem Klang eines Wortes oder mit seiner Bedeutung. Der Lovel-Zweig zum Beispiel nahm den Namen einer mächtigen alten englischen

Familie an, aber nicht aus dem Wunsch heraus, ihre Gunst zu erwerben, sondern weil ihr eigener Name *Camomescro* lautete, was so viel bedeutet wie ein liebender oder verliebter Mensch.

Die Namen der sechs Zweige in »Das Vermächtnis der Königin« sind die Namen von sechs Roma-Familien, die im 17. Jahrhundert tatsächlich gelebt haben. Der Finch-Zweig aus Norwood, Surrey, war berühmt für Wahrsagerei. Und Samuel Pepys Frau hat tatsächlich Maggie Finch aufgesucht, um sich die Zukunft voraussagen zu lassen. Die Wood-Familie ernährte sich von Holzschnitzerei und Wagenbau und hat angeblich im späten 17. Jahrhundert die Geige nach Wales gebracht, als sie aus ihrem angestammten Gebiet in das südliche England zogen. Die Familie der Hearnes oder Hernes kann ihren Namen sowohl von »heron« – »Reiher« oder von »hairy« – »haarig« abgeleitet haben – darüber sind sich die Roma-Forscher nicht einig. Mich persönlich hat die Nähe des Namens zu Herne, dem Jäger fasziniert, und da die Hearnes für Pferdehandel berühmt waren, stelle ich mir gern vor, dass ihr Name daher rührt. Allerdings gab es in England weit mehr als sechs Roma-Familien.

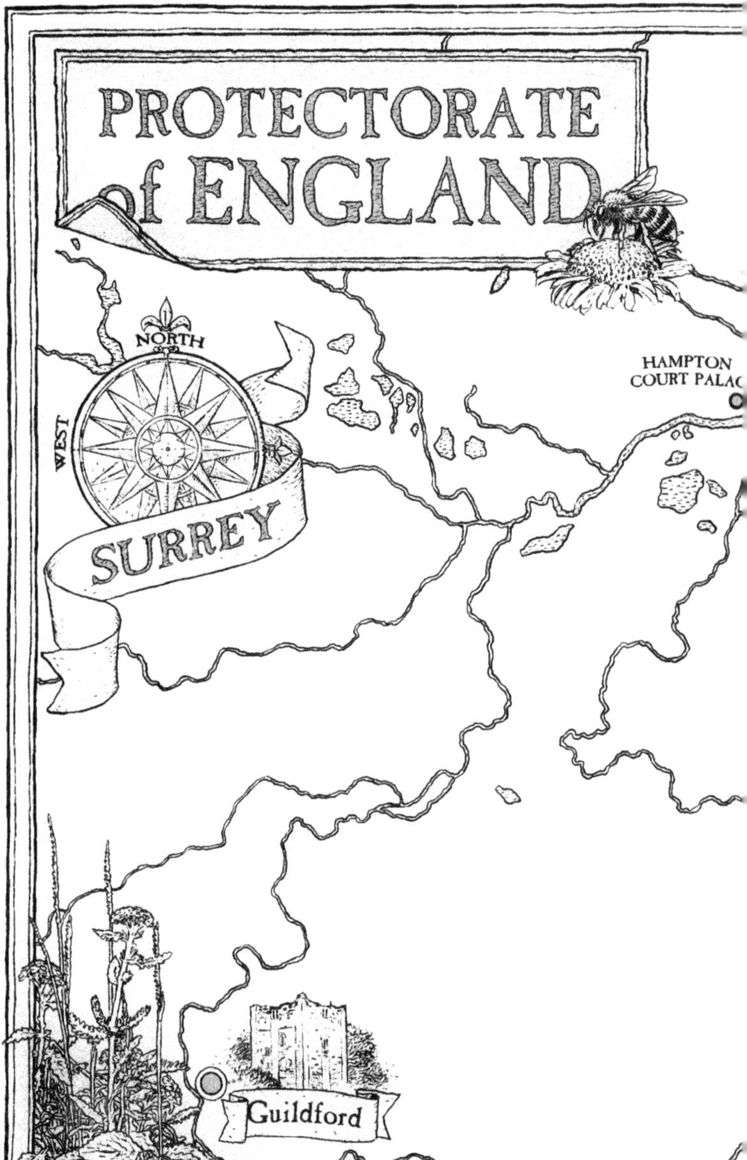

PROTECTORATE
of ENGLAND
NORTH
WEST
SURREY
HAMPTON
COURT PALAC
Guildford

LONDON
Thames River
RICHMOND
Norwood
Kingston Upon Thames
Thornton Heath
CROYDON
Nonsuch Palace
Sutton
Epsom
The Downs